# अजीज से अतीत तक

### किशोरों की कहानियों का संग्रह

शैलेन्द्र सिंह

ISBN 979-8-89066-728-1

अतीत

बने

मेरे

अजीज

और

मैं

# समर्पित

यह पुस्तक मेरे उन अज़ीज़ों की उन मृदू स्मृतियों को समर्पित है, जिन्होने मुझे इस काबिल बनाया कि मैं उनको अतीत से उठा वर्तमान में ले आ सकूँ, उनका एक जरा सा अंश भी इस धरा पर न है, मगर वह किसी की पूरी दुनिया हुआ करते थे माफ कीजिये अभी भी हैं, ठीक उसी तरह जिस तरह पहले थे।

जैसे उनको मैंने देखा, वैसे ही उनको और भी देखे, यही छोटा सा प्रयत्न कर उनकी चंद स्मृतियों को सफ़ेद चोकोनों में उतारा है और मैं यह भी जानता हूँ जिनके न होने की बातें हम कर रहे हैं वह आज भी जिंदा हैं भले ही वो तनरूपी न हों मगर जिंदा हैं किसी की रातों में, किसी की बातों में और किसी की स्मृतियों में।

# विषयसूची

# आभार

सर्वप्रथम तो हम आप जैसे पाठकों का आभार व्यक्त करना चाहूँगा जो इस भूजाल के युग में भी पुस्तकों को पढ़ना पसंद करते हैं। और आभार व्यक्त करता हूँ आपका कि आपने मेरे अंश *मेरे अज़ीज़ों की स्मृतियों* को अपने इन पवित्र हाथों मे उठाया है, और यह उम्मीद भी करता हूँ कि यह आपके दिल की गहराई में यह कहीं समा सा जायेगा और आपको आनंद के सागर में फुदकाता रहेगा।

खुदा ना तुम खुदा से भी कहा कम हो,
हमारे लिए तुम और तुम्हारे लिए हम हो।
गम की क्या औकात हमारे संग टिके,
अगर आंखे तुम्हारी और हमारी हम हो।

अपनी बचपनी मित्रमंडली का भी आभार व्यक्त करना चाहूँगा जिनके बीच मे मैं कवि की प्रसिद्धि पाया करता था।

वसते कवि- कवि कहना उनका मुझे चिड़ाने या चिड़चिड़ा बनाने का प्रयास रहा करता था। मगर मे उसे खुद के लिए हितकारी बना लिया करता था। और में उनके उन प्रयासों का भी शुक्रगुजार हूँ

खेल तुम्हारे थे।
हिस्सा मैं था।
तुम्हारे कर्तवों का किस्सा
मैं भी था।
आंखे नम थी। अगर तुम्हारी
तो उस नमी का हिस्सा मैं था।
खेल तुम्हारे शे
पर उन का किस्सा मैं था।

उस यौवन उस मस्ती
का एक क्षण मैं था।
उस घटा उस बस्ती
का एक अंश मैं रहा।

कागज के फाइटर जैट,
मैंने भी संग तुम्हारे उड़ाये थे।
हो संग हमने न जाने
कितनों के छक्के छुड़ाये थे।

कागज की कश्ती
कटोरी का समंदर हमारा भी था।
बर्फ के गोलों को
गलेशियर हमने संग पुकारा था।

पहाड़ों की चोटियों पर
तिनकों मे हम संग संग घिसे थे
घराठों अर जंदरियों में
जो, बाजरा, मक्का, गेहूँ भी
संग पिसे थे।

आभार व्यक्त करना चाहूँगा उस शिक्षिका का जो भरी कक्षा में मेरे सिर के बाल सवारा करते थे, बाजू फ़ोल्ड किया करते थे।

गाँव की पगडंडियों के आदि को शहर की दुबली, पतली, आड़ी, मोटी, तिरछी, गलियों के अनुरूप बनाने का प्रयास किया करते थे।

जिसे मैं भरी कक्षा में लज्जायुक्त माना करता जो कि था। ऐसा मैं समझता पर ऐसा था नहीं, और उनके वो प्रयत्न मेरे लिए कभी गलत भी नहीं हुये, होते भी कैसे गुरु जो थे। मैं उनके उन प्रयत्नों का भी आभार व्यक्त करता हूँ।

ना कभी खुद के बाल सवारे हमने
आपने वो भी किया
गाँव की पगडंडियों से उठा
शहर की गलियों मे चलना सिखा दिया।

लाखों की भीड़ मे अकेला खुद को समझे थे।
आपने हमें हमारा वजूद बता दिया।
कि दुनिया जो देखती
वही हकीकत मानती
यह भी आपने ही सिखा दिया।

आभार व्यक्त करता उस शिक्षक का जिन्होनें विध्यालय की भरी सभा मे एक बार कहा कि आपके बीच के ही एक विध्यार्थी शैलेंद्र को देख कर ही मैंने इस कविता की रचना की उनकी उस कविता की पंक्तियाँ तो मेरे संग नहीं मगर उनकी उन बातों ने मुझे आत्मविश्वाश के समंदर मे डुबो दिया और तैरने के काबिल भी बनाया।

कोरे इस कागज पर
ज्ञान अमिट सा बिखरा दिया
सुंदरता से इस कागज को
कुछ यू सा निखार दिया
        दिया आत्मविश्वाश इस पथ
का पथराही बना दिया
        कैसे भूलू उनको
जिन्होनें जग का उद्धार किया।

और धन्यवाद देना चाहूँगा अपने भूगोल के अध्यापक श्री बिष्ट जी का जिन्होने मुझे पुस्तकों का महत्व बताया, और सिखाया कि पुस्तके ही कवि के अमर पुत्र होते हैं और उनकी इन बातों से मेरे मन मे भी अमर पुत्र को जन्म देने की चाह पनप आई।

भूगोल के अध्यापक श्री बिष्ट जी का प्रिय छात्र होने के नाते मैं कभी खुद को खो ही नहीं पाया उनकी बातों पर अमल करता गया और हमेशा चाहूँगा कि उनके लिए वही रहूँ उनका प्रिय छात्र।

हो ज्ञान का भण्डार
घड़ा हमारा भरते हो।
खुद की चिंता छोड़
जतन हमारा करते हो।
    हो राह लाखों को मंजिल तक
    पहुंचाते हो।

     खुद तिनका भर भी
     न हिल पाते हो।
     मैं तो एक ही
     न जाने ऐसे कितनों की नैया
     तुम पार लगाते हो।

आभार व्यक्त करना चाहूँगा उस दुबली पतली अध्यापिका का जिनके चरणों मे सदा पड़ा रहूँ तो भी कोई हर्ज न हो।

हिन्दी की अध्यापिका जिन्होनें मुझे हिन्दी के ज्ञान से तो रू-ब-रूह तो कराया ही साथ ही जिन्होनें मुझे इस दिशा मे मोड़ा, भटके राही को राह से मंजिल तक चलना भी सिखाया।

मुझे विध्यालया में एक पहचान दी, मेरी कविताओं को पड़ा, उनमे कुछ सुधार भी किया मुझे विध्यालया में सम्मानित कर उस सम्मान का हकदार बनाया जिसकी में सायद ही कभी कल्पना करता, या कर पाता तब तो उसकी कल्पना भी मेरे कल्पना लोक से बाहर थी। हाँ बिल्कुल बाहर थी।

तीन शतक एक अर्धशतक में जब छात्रो का जमाव रहता मैं अपनी बातों को उनके बीच रखने के प्रयत्न में होता तो भूकंप की कंपन सी शरीर में हो उठती थी और अक्सर उठा करती थी।

मगर वह तब मुझे साहस के तालाब में धकेला करते थे। और अक्सर धकेला करते थे। साहस के उन अमृत घूटों को घटक मैं यहाँ तक पहुंचा तो यह राह भी उनकी और मंजिल भी, मैं तो बस एक राही जिसका काम मात्र चलने का है, इसका पूरा श्रेय तो उनको न जाता मगर **"वह वो हैं जिन्होने मुझे वह बनाया जो मैं हूँ"**

मुझे (मैं)आपने बनाया
पथ बना
उस पर चलना भी सिखाया
जो खुद को भी न जाना था।
उसको आप ने जाना

था। मुझमे भी कुछ
जो मैं भी ना जान पाया।
आपने वह पहचाना
मुझसे बेहतर आपने मुझको जाना।

न साहस की ज्वाला थी मुझमें,
न हुनर का ज्वार भाटा था।
जली चिंगारी को हवा देना भी न आता था।

लिखने को तो उन पर पूरा काव्य भी लिख लू पर जब मेरे कदमों का आगमन इस ओर हुआ उसी वक़्त आप पर ही कुछ पंक्तियाँ लिखी थी उनमें, मैं कुछ सुधार व सजाने का बिल्कुल भी प्रयत्न नहीं करना चाहूँगा, तब जो लिखा था, जैसा लिखा था उसे वही और वैसा ही लिखना चाहूँगा, तो वह पंक्तियाँ कुछ इस तरह थी।

मेम हमारी सबसे प्यारी
सबसे प्यारी सबसे न्यारी
मेम हमारी सबसे प्यारी।

डांटे हमको कभी न मारे
जब तक हमको समझ न आये
तब तक मेम हमको पढ़ाती जाए।

कुछ बच्चे करते मेम को तंग,
फिर भी अच्छा व्यवहार करती मेम उनके संग
फिर यूं ही पाँच सात मिनट
उनको समझाने में जाते
और तब हम जो पढ़ रहे होते हैं
उस पर लोट हैं आते।

और पंक्तियाँ भी तब मैंने उनको सफ़ेद चकोनों मे समर्पित की थी, उनको में इस पुस्तक मे न शामिल करना चाहता, वजह बस इतनी सी की उनके लिए तो इस पुस्तक के पन्नों की गिनती भी अनगिनत सी हो जाएगी।

मेरे जन्मदाता और उन चहरों का मैं आभार व्यक्त नहीं करना चाहूँगा क्योंकि में उस लायक हूँ ही नहीं।

अगर मैं ऐसा करू भी तो यह उनके लिए आनंद का घूट तो बिल्कुल भी नहीं बल्कि लज्जा का एक फरमान होगा।

वह जो मेरे लत्तों को आज तक धोया करते, मेरे उठने से पहले जिनके प्रताप चाय आँखों तले दिख जाती, खुद पुराने लत्तों को बर्षो धकेल ले आते, मुझे स्त्री किये लत्तों को इस तरह दिया करते जैसे किसी अमीर की कोठी के वफादार सेवक दिया करते हैं। चरणों की धूल ही सही मगर उसे वो सिर पर ओढ़े रखना ही चाहते।

वह भी उसे एक चमकता हुआ ताज समझकर सिर पर सजाना उसे हमेशा चाहते हैं। तो क्या मैं अब भी उनका आभार व्यक्त करने के काबिल हुआ। शायद नहीं।

क़द बढ़ जाये
चाहे पद बढ़ जाये
तुमसे ऊंचा कभी न हो पाऊँगा।
हूँ चरणों की धूल तुम्हारी
चरणों में ही रहना चाहूँगा।

खुद का बना खाया न जाता,
तुम्हारे हाथों का छोड न पाऊँगा।
यह तो एक ही जन्म है।
मिले अगर सात भी तो,
संग आपके ही जीना चाहूँगा।

हिन्दी साहित्य के सभी रचनाकारों को मैं धन्यवाद देना चाहता हूँ जिनकी स्मृतियाँ मेरे यथार्थ को जन्म देती हैं। जिनके शब्दो को मैं सफ़ेद चोकोनों मे उतारता और खुद को बेहतर बनाने की ताक मे रहता। माफी चाहूँगा। जानता हूँ। शब्दों पर शायद ही किसी का निजी दायित्व हो किन्तु साहित्यकारों ने शब्दों की जो टोलियाँ अपनी पुस्तकों के जरिये मुझे या बहुत सारे पाठकों को को दी हैं उनके लिए उनका आभार तो बनता ही है।

सहहिर्द पूर्ण आभार व्यक्त करता हूँ अपने अनुजों तथा अग्रजों का जिनका झुकाव मेरी लेखनी की ओर तो ना था। मगर उससे दूर भी नहीं था।

अक्सर मे अपने अनुज को अपनी कविताओं को सुनाया करता और उसके ना चाहते हुये भी उससे "वा भाई वा" करवाया करता था।

मैं उसका भी आभार व्यक्त करता हूँ।
मेरे कद से तू अक्सर मुझको छोटा बना देता है।
मेरी मार तू ही तो सह लेता है।
है ही कोन जो मुझे इस तरह चिड़ाता है।
तू ही तो है
जिस पर मेरा वार पलट न आता है।

मेरी शिकायतों का का बोझा
तू ही तो माँ तक ढोता था।
माँ को देख सामने
तू ही तो ज़ोर ज़ोर से रोता था।

अक्सर तेरी बचकानी हरकतों से
मैं पिट जाता था।
खुद बुरा न बनना चाहता
तुझसे न जाने क्या क्या बुलवाता था।
                    न बोले तो लात घूसे जमा देता था।
                    इस रुखसत मे
              मुझे एक दिन पहले की दी हुई चीज भी
              तू वापस ले लेता था।रुखसत तो यूं हो जाता तू
जैसे तेरे समंदर को मैंने
हिमालय बना डाला हो।
तेरे अरि को मैंने ही पाला हो।
जैसे मैंने छीना तेरे मूह से
निवाला हो।

# 01

# काका

मालूम तो नहीं पर यह बुरी नज़रों का कहर था। वो इंशान जो अपने अनमोल चहरे की खिलखिलाती हंसी से सबके चहरों को मुस्कुरा देता था उसकी वह हँसी न जाने कहाँ गुम हो गई थी।

अजीब लग रहा इन बातों को सफ़ेद चकोनों में समेटना पर हकीकत को छुपाना भी तो आसान नहीं, और एक कलम के सिपाही के लिए तो बिल्कुल भी नहीं। कलम तो अब इस व्यथा को ब्याँ करने चल ही पड़ी थी। वह चेहरा जो सबका प्यारा था। मुरझा सा गया था और आज उसी चहरे को देख कोई ना मुस्कुराता था। न जाने उस चाँद से मुखड़े पर इन काले बादलों का शाया क्यों उमड़ आया था वह विनोदमय चहरा, वह चंचलता जिसके लिए वह पूरे ही गाँव में नामी थे न जाने कहाँ काफुर हो गई।

मुझको यह तो मालूम नहीं इन बातों की अहमीयत है या नहीं पर इतना मालूम था कि इस मुस्कुराहट के खो जाने की वजह वो खुद ही थे।

उनके साथ बीती हर वह मुलाक़ात, हर वह रात, वो हर पल जो मुझको खुशी दे गये, दुख दे गये, जिनमें उनका भी हाथ रहा हो वो आज दिलचुबई बन गई हैं। कहते हैं अतीत की स्मृतियाँ हमें तब तक अपंग बनाती हैं जब तक हम उस दशा के योग्य न हो जाते और उस दशा के योग्य होने पर वह बदल जाती हैं और हमारी अपंगता वहाँ पर कुछ हद तक हमारे साथ ही हो जाती है।

सबका प्यारा इंशान जिसका नाम ही विनोद हो, दूसरों को आनन्दित करना तो उनके नाम का अर्थ और गुण भी है।

पर छोटी सी उम्र में कुसंगति का प्रभाव एतना बढ़ गया कि वह बिमारी के चपेटे में गये और ऐसे आये कि फिर उस पार ही हो गये।

अजीब लगता है। हो क्या गया? **"क्या था और क्या हो गया"** पूरे ग्राम में कोई ऐसा न जना न बचा जिसने यह न कहा हो।

ना दुबला पतला शरीर ना बिगड़े चाल ढाल थे। चंद महिनों पहले ही वो दो मन एक होने को चले थे। पर खुदा यह चाहता ही ना था। वह खुशियाँ उनसे रुखसत सी हो चली जो कभी उन्हें मिली ही नहीं थी।

उनके दिन कुछ यूं कटने लगे जैसे बिन पंखों का पंछी और बिन पानी का तालाब हो।

और ना ही आसमान गरजने के आसार हो। बेचारी दो चार मछलियों की आश वह तालाब जो कि अब बिन पानी का सूख सा गया है।

कहते हैं दुखों का पहाड़ कुछ यू ही अचानक टूटा करता है। हमारे तो काका ठहरे वो फिर दिल को धक्का क्यों न लगता? वो इंशान आज उस मोड पर था जिसकी शायद कभी कल्पना भी ना की हो। खैर ऐसी कल्पनाएँ करते ही कोन हैं?

शरीर का चुस्त-दुरुस्त, हट्टा कट्टा वह नोजवान जब चलता तो राह भी शर्म के मारे झुक जाया करती, छे फुट का वह जवान नशे का आदि जरूर था। मगर मिजाज बड़े मज़ाकिया थे प्रेम तो उस लाल चहरे पर इस तरह चमकता जैसे प्रातःकाल में सूर्य की लालिमा हो।

मुखमंडली पर हमेशा वह शस्त्र विराजमान रहते जो सिर्फ डराने के काम आते जिसके वार से घाव की कोई गुंजाईस ही ना थी बल्कि आनंद का यौवन प्रकट हो उठता था।

वास्तव में दिलचुभी बात यह थी कि अब उनके पीछे एक खूबसूरत जिंदगी जो उनकी राह तांके हुई थी। मानों उसका इंतजार ही खत्म हो चुका हो। तीन बर्षों की ये वो यादे हैं। जो बहुत ही ज्यादा पीढ़ा का बोझ सहन करने को मजबूर कर देती है और देह को झनझना देती है। एक वह रात जो चाचा की बीमारी में चाचा के संग बीती मेरे लिए असनीय रही आज में खुश था। कि मुझको आज चाचा जी की सेवा करने का मोका मिला पर वह रात मेरे जीवन की दर्दमयी, भयानक, दिलचुबी, रातों में से एक रात थी।

साँझ बन ठन के कुछ यूँ मेरे गैल (साथ) आई जैसे मैं ही उसका सब कुछ हूँ। मैं रात्री की राह तांके तो था ही चाचा की सेवा में हाजिर जो होने को था। काली रात भी हाथों को मलने से पहले ही आ पहुंची।

अम्मा हमारी हमें डांट-डपट से रखती कहीं जाने न दिया करती मगर हम तो पूरे गाँव की आँखों मे भिनभिनाते थे। किसी को रास ही ना आते। गाँव में किसी के खेतों से मक्के की बालियाँ हो या उनके खेतों में बोई गई ककड़ियाँ कुछ यूँ उड़ा ले जाते जैसे बाज अपने शिकार को उड़ा ले जाता हो।

अम्मा से कहे "अम्मा आज हमें चाचा की सेवा मे हाजिर होना है उनके छोटे भाई ने कहा है कि जल्दी आ जाना"

बिना डांट - डपट और झट (जल्दी)की हाँ से हमारे उस गोल-मटोल चहरे पर चमक इस तरह बिखर उठी जिसको समेटना अब शायद ही किसी के बस की बात थी। झटपट सटपट मैं अपने घर से ताई के घर गया और ताई से कहा

*"ताई विपिन भाई कहा हैं"?*

*"वो ऊपर अपने कमरे मे होगा, क्यों क्या हो गया"?* ताई ने कुछ यूं कहा था।

"कुछ नहीं ताई वो प्रमोद चाचा ने कहा है कि विपिन को भी बोलना कि आज वो हमारे यहाँ आये"

मेरे इतना कहते ही ताई को उनके क्यों का जवाब मिल ही गया था। और बिना सवाल जबाब के ताई ने मुझे अग्रज को रात्रिभोज का नियोता देने को कहा।

ताई से मैं इस तरह रू-ब-रूह था जैसे मछली पानी से होती है और ताई की डांट तो मुझे रुखशत तो करती पर मछली का जीवन पानी के बिना थोड़े ही होता है।

और सुना था। जान तो क्या ही पाता।

जब मेरी माँ को दूध ना आता और भूख की प्रचंड ज्वाला मुझे काट खाने को आती थी। जब मेरी किलकारियों की गूँज घर के कोने-कोने को कुरेद दिया करती तो ताई ही मुझे दूध पिला कर मेरी भूख की ज्वाला को शांत करती थी। जब कभी मैं माँ के डर से घर में ना जाता तो ताई मुझे अपने घर मे ही रखा करती थी।

कभी कबार मेरे प्रति आक्रोश जरूर पनप उठता पर वह मुझ तक पहुँच ही ना पाता था। मेरे आवाज देते ही छत से पांवो के आहट सुनाई दी जो कि मेरे अग्रज की थी। झटपट वह रसोई घर आ पहुंचे और पधारते ही उनके मैं बिना उनके कुछ पूछे तोते की तरह रपट- रपट करते ही कहा कि

*"प्रमोद चाचा ने कहा है कि आज यहाँ आना"*

बिना विचार बिना तर्क के उनका जबाब था।

**"चलो चलते हैं"।**

फिर अपने घर की ओर वापस आया और चार रोटियाँ यूँ मरोड़ गया जैसे वर्षों का भूखा हो। चंद काल न गुजरा कि हमारे अंधेरे में डगमगाते पाँव चाचा के घर जा पहुंचे तो स्वागत हमारा मस्त मिजाजिया हुआ था।

काका के रेन बसेरे में चरण पड़े तो यूँ जैसे बर्फ की सिली पर चल रहे हो, काका की और झाँकि तो वह वो न दिखे जो वह थे जिस रूप उन को देखने की चाह मुझमें पनप उठी थी वह चाह भी धरी की धरी रह गई।

वह हट्टा-कट्टा नोजवान अब इस तरह सिकुड़ सा गया जैसे की कोई सूखा तिनका हो हवा भी लगे तो उड़ जाय, पंछी भी उठा ले जाय, और आग की क्या ही कहूँ दूर भी हो तो खींच अपने पास ले आये और जला कर राख भी निगल जाय। बड़ी सी खाट पर इस तरह लेटे थे जैसे घाट पर खाट पड़ी हो जिस पर आज लगनी बाकी रह गई हो।

हट्टा-कट्टा नोजवान अब हड्डियों का ढांचा मात्र रह गया था।

चहरे का तेज तो न जाने कहाँ भटक पड़ा था। और यहाँ आना तो भूल ही गया था। अरि सा उसको काका का संग लगा था तभी तो काका का गैल उसको रास न आ रहा था।

आंखे झुकी थी। देह बदहाल थी। न चोमुखी यौवन था। और न उस नाम का वह अर्थ रह गया था जो था। कंबलों से खुद को इस तरह छुपा रखा था। मानों किसी मूरत का भरी सभा में अनावरण करने को हो, मगर हमारे गैल तो हमारी ही मूरत थी। मगर वह सूरत न थी। जो हुआ करती थी जिसके संग हम बचकानी हरकतें किया करते थे नहीं अक्सर किया करते थे।

एक बड़ा सा डूंगा(बर्तन) काका की खाट के तले था जो कि आवश्यक भी था। काका खा तो कुछ न पाते मगर जो पेट में था। उसे बाहर कर दिया कर रहे थे। उस मूरत का अनावरण करने की जब हमारे अग्रज ने ठानी तो उनका यह फैसला हमारे लिए गलत सिद्ध हो उठा बेहतर रहता उस मूरत को छुपाये ही रखते न रखे तो बेहतर न हुआ।

देह इतनी बदबू दाता बन चुकी थी। जिसकी कल्पना अब किसी से की ही नहीं जा सकती थी अब तो उनके पास भी न जाया जाता, जाये तो खुद न रया(रहा) जाता था।

किन्तु रहना तो था। चंद मिनटों का कटना भी घंटो के कटने के समान लग रहा था। काका उस दशा में जो आ पहुंचे थे। जिसमें उनके जीने का कोई अर्थ नहीं था। ना तो अपने पावों पर चल पाना और ना ही खाना खा पाते और ना ही सो पाते थे।

मतलब यह

---

## काका

कंठ रूखा, देह सूखी
तिनके की सांगल(जंजीर) थी।
जो भी टूटी
लता का अंगूर था हजारों का हूर था।
हम तो क्या ही कहे,
हमारा तो कोहीनूर था।

---

आंखे नम थी।
नमी भरी आंखो मे
वह सूरत भी बंद थी।

मूह मे बड़ बड़ थी।
कंठ से एक निवाला न घूटा जाता था।
संग थी। जो स्मृतिया
उनका साथ भी छूटा जाता था।

---

थे
अभी जो सनिध्य मे
समा जाने को आतुर
कर अनावरण उस मूरत का
हो जाना चाहते
अब वो काफुर

बस रात भर उनकी सेवा में हाजीर मेहमानों के हाथों में उनका यह सफर था, और उस रात वह जीवन हमारे हाथों में था। काका के पास जाना ही तन को हजम न हो रहा था।

तो मन क्या ही हजम कर पाता। उनसे रू-ब-रूह होना ही मृत्यु की खाट पर सोने की चादर ओढ़ सोना सा था।

उस रात के सेवार्थी हम थे। जिनमें मेरा एक चहिता अग्रज और काका जी के अनुज भी शामिल थे। हमारे अग्रज जो कि लंबा हट्टा-कट्टा नोजवान जो कि हमारी मित्रमंडली के बीच में चंचली स्वभाव के लिए ख्याती रखते थे।

उचके कंधे और उन उचके कंधो पर लत्ते तो कुछ यूँ बेठते जैसे मानो कब से उन्ही की राह तांके हों थोड़ा गुस्सेल भी कहूँ तो गलत न होगा और न भी कहूँ तो गलत न ही होगा चिड़चिड़ा स्वभाव था। मगर दया तो भरी गागर सी झलक झलक कर झलकती थी। कहीं जाना हो तो बस कहने मात्र की देरी होती थी। वो तो संग यूँ ही चले आते थे।

और काका के अनुज के बारे में क्या ही बताऊ छोटा सा गोल चहरा इस तरह चमका रहता जैसे नया कुकर चूला रखने से पहले रहता है दुबली पतली देह थी। अवस्था दो दशक से पार न थी। मुक्का भी किसी को मारे तो उसे ऐसा प्रतीत होता मानो कोई कील सीने को भेद गई हो और जख्म के संग नमक भी छिड़क गयी हो।

माँ बाबा का साया तो इस तरह उड़ गया था जैसे आजाद पंछी दाना चुग उड़ जाती है ताई के साथ ही रहना, खाना, सोना सब था। ताई के संग घर बाहर के सारे काम सीख लिये थे। और इस कदर सीख लिये थे। कि उनको गाँव का हर जना लेडिश कहा करता था। खेतों की निराई – गुड़ाई हो या बेलों को जोत खेतों में हल चलाना हो, या घास की कटाई करना, घास की पुलिया ऐठना उनसे बेहतर सायद ही हममें कोई जानता था या बांज के बड़े बड़े पेड़ो की चड़ाई करनी हो। ऐसा कोई काम न था। गाँव मे जो उन्हे न आता या वह उस काम को करने में सक्षम न हो शायद यही वजह थी। कि उन्हें गाँव मे लेडिश प्रमोद (काका जी के अनुज का नाम) के रूप मे प्रशिद्धि मिली और वह आज भी ज्यों की त्यों बनी हुई है।

एक पकवारे से भी अधिक बार सूर्य उदय और अस्त हो चुका था। किन्तु काका के अनुज अपने अग्रज की सेवा मे लीन थे। उनसे तनिक दूरी भी वो बना न पाते थे बनाने का प्रयत्न तो उनका धरा का धरा रह जाता था। उनके पास और बेठ ही कोन पाता था। कोई बेठा भी तो एक काद घंटे से ज्यादा रह न पाता था।

चाचा मुँह से तो कुछ ना खा पाते पर खूब चिल्ला जाते थे सच में काका बहुत बड़-बड़ कर रहे थे। सुना तो उसने भी था आदमी अपने अंत समय में न जाने क्यों ज्यादा ही

चंचल स्वभाव के हो जाते हैं। हमारे दिल में गम की खाई तो काका खोद ही गये थे बस उसमे गिरना बाकी था।

उनके ठीक होने के इंतजार में तीन बर्ष पहले ही कट चुके थे।

चाचा की देह इतनी बदबूदाता थी जो कि पेट में निगला निवाला तक बाहर खींच लेती थी। भगवान भरोसे चाचा के प्राण थे। हम तो चंद पल भी अभी उनके संग न काट पाये थे। रात तो साबुत (पूरी)बची थी। उनकी सेवा में लीन काका जी के अनुज कैसे सहन कर जाते हैं। यह उसे भी हजम न हो रहा था।

किन्तु अपनों के संग जो भी परिस्थतियाँ आयें चाहे जैसे भी हो लोग उसके अनुरूप ढल ही जाते हैं या उनकी दशा उन्हें उस दशा के योग्य बना ही देती है।यह बात भी वह भली भांति जानता था।

चाचा की खाट से थोड़ी दूरी पर हमने अपने लिए सोने की व्यवस्था की सभी जितनी हो सके उतनी दूरी के जुगाड़ में थे। पर दश बाई बारहा के कमरे में क्या दूरी होती दादा का बनाया वह पुराना कमरा जिसकी छत सिर को चूमने को उतारू थी। खिड़की दो फुट भी न थी। समीर तो खिड़की तले ही सिमट जाती हमारे तन को कहा वो रास आने वाली थी। दरवाजों की क्या कहूँ दो जना एक साथ अगर आयें तो वहीं चिपक जाते। किन्तु जिससे जितनी भी दूरी हो पाई उसने उतनी बनाई।

रफ्ता रफ्ता पल ढलता गया आँख लगाने का प्रयत्न करते मगर आँख कहा लगने वाली थी। काका की नींद ही हमारी नींद थी। मगर काका को कहाँ नींद थी। काका को तो चेन भी न था। बस बड़ - बड़ करते जाते थे।

काका जी के अनुज ने हमें एक काम पर लगा दिया जो कि रात भर वो किया करते थे।उस कार्य का जिम्मा हमें सोंप वो आँख लगा बेठे थे और ऐसी आँख लगाई जो पिछले तीन वर्षों में न लगी थी।

दरअसल वह कार्य काका की खाट तले रखे डूँगे को काका तक पहुँचाने का था। पेट में जो था। उसे बाहर जो उन्हें करना था। चाचा के सबसे करीब हमारे वही अग्रज थे जो अपनी गलती पर माथा पीटे हुये थे।

काका के प्रमोद कहते ही हमारे अग्रज उनके सामने उनका डूंगा ले हाजिर हो जाते और फिर आँख लगाने के प्रयत्न में जुट जाते, हमारे कान खड़े के खड़े ही थे। आँख बीजी (खुली) ही थी, आँख लगे न लगती थी। खुद को कोसे जाते थे कि क्यों इतना उतावला हुआ।

देखते ही देखते चार बार तो अग्रज डुंगा लिये हाजिर हुऐ थे। मगर अब तो वह भी तंग सा हो गये।

अब काका के प्रमोद बतियाते ही अग्रज हमें हुचकाते एक नहीं दो तीन बार हुचकाते तो हम आँख इस तरह मींदते जैसे कि गहरी नींद से कुंभकरण को जगाया हो फिर हम भी काका का डूंगा लिये काका के सामने हाजिर हो जाते थे।

रात भर उनिंदे रहने की कभी कल्पना न की थी। अब तो शुबह की राह तांके आंखे भी बूढ़ी हो चली थी।

पल पल कटे और वह समय आ पड़ा जब काली रात सूर्य देव की लालिमा मे समाहित हो गयी। सभी के घरों मे चहल पहल होने लगी बर्तन भांडे बजने लगे चूला चोका में सभी मगन होने लगे कुछ बड़े हाथ मे लोटा लिये खेतों की और चलने लगे और उसका चेहरा खिला था। यह तो सायद ही सत्य होगा वजह वह तीन बर्ष पहले की कुछ मधुर स्मृतियों में जो डूब गया था।

## *तीन बर्ष पहले*

बात उन दिनों की जब उसकी देह माटे में लिपटी होती थी। जवानी की चोखट पर आने में उसे बक्त जो लगना था। मगर चंचलता तो उसकी रूह में सिमटी थी।

सूरज बीच आसमान था। पंछियाँ छाव को तरसती थी। स्वान मिट्टी को घुसे जाता था। गाँव मे खूब हल चल थी और होती भी क्यों न गाँव जो था ठहरा। कोई जों की गठरिया

लांगे आता तो कोई पीट का बोझा उतारने को जगह ढूँढता था। तो कोई पानी की प्यास को दबाए तेज पांवो से घर को चलता तो कोई बस इतना कहे देता कि

ऐ दिदी कन छे (ओ दीदी कैसी हो)

अब तो चाय पानी सब मिल जाना ही था। सायद तभी गाँव को स्वर्ग कहते हैं। जहां हाल चाल भी पूछो तो खातिरदारी का क्या कहना।

माथे पर पसीने की धार लिए कोई बतियाते भी गाँव में दिख जाए तो जब तक चाय पानी न पिला ले जाने न देते।

खेतों मे बहार थी। चीड़ के पेड़ो से गुजरती वायु हमे सुकूनदेह करती थी। मिजाज हमारे गस्त गोला थे। धूप मे भटकने के तो मानो हम आदि थे।

दूर से कानो मे हमारे कुछ शब्द गूँजे जो इसकदर थे।

ऐ पप्पू की हाल छीन (कैसे हो पप्पू) तो उसने अपनी मुंडी आसमान से थोड़ा नीचे की तो देखा कि काका खड़े हमें न जाने कब से तांके हुऐ थे।

काका प्रणाम कबार आयाँ दिल्ली बटी यही अंदाज था। यही वो शब्द थे। जिनसे गाँव मे परदेसी बाबू का स्वागत होता था।

वही जवानी की रौनक थी। हाथ में एक मोटा सा कडा (कंगन) था। बदन पर नये चमकदार लत्ते इस तरह चमकते मानों दीपावली में घर सजे हों लंबे लंबे केष थे। और उनके आदि तो वो बचपन से ही थे। चहरे पर विनोद का प्रफुलित ज्वालामुखी था जिससे सायद ही कोई बच पाता था।

उसके संग उसकी वह मित्रमंडली थी। जो गाँव की सबसे उटपटाँग मित्रमंडली मानी जाती थी। रस्तों पर टट्टी करनी हो या किसी के घर के सामने बिल्कुल भी न हिचकिचाते थे। *"जिस थाली में खाओ उसी में छेद"* मानों यह कथन उनके लिये ही हो।

काका के सनिध्य में काफी देर हो चुकी थी। काफी बातों पर चर्चा हुई। हाल – चाल भी काका ने उनका पूछा।

जब घर को चलते बनने को थे। तो काका के अंदर का वह (मैं) न जाने क्यों जाग पड़ा जो कुछ सालों पहले वह थे न जाने क्या मस्ती सूझ उठी एक बाल्टी में गोबर का घोल लिये हमको गोबर पुताई का पुतला बना दिया और ठा, ठा करके हसने लगे। उनके इस स्वभाव से तो वह पहले ही परिचित थे मगर उन्हें यह आश कहां थी। उन्होनें भी सुना था गाँव से शहर जाने के बाद गाँव का सीधा – साधा बंदा भी बिलकुल ही बदल जाता है। गाँव में पनपी चंचलता भी कहीं उड़ जाती है न जाने कहां उड़ जाती है।

वह कहां उन्हें ऐसे जाने देते पूरे गाँव की बदनाम मित्रमंडली जो ठहरी थी मगर वह उनके हाथ भी कहां आते थे। प्रयत्नों की तो वह झड़ी लगाते रहे पर निष्फल प्रयत्न उनके रहते रहे।

थके हारे। हार मानने के सिवाय उनके पास कोई राह भी न होती थी। वैसे भी नये चमकदार लत्तों पर मिट्टी का मामूली कण भी कोन चाहता है। हम नादान नये लत्तों में जब होते तो थोड़ा सा भी मिट्टी लत्तों पर लग जाये तो वो हमें ऐसा दिखता मानों धान की रोपाई वाले खेत में हमें कोई मोया की तरह रेंगता या घसीटता ले आया हो।

वह तो समझदार भी हमसे थे। तो कैसे अपने लत्तों पर मिट्टी की छाप रखते, हमें तो लत्तों को साफ भी न करना होता था। सायद वो खुद ही अपने लत्तों को धोबीघाट पर पटक पटक कर धोया करते थे। तभी काका उनके हत्थे न चढ़ते थे।

रूप उसका कुछ इसकदर था। मुंडी पर गोबर का घोल पानी सा नहीं लोहे की चादर सा प्रतीत होता, गोबर के घोल की भारी बुँदे सिर से जब छूटती और नाक मूह को छूती तो उसकी बदबू का संघर्ष पेट में निगले निवाले से होता, बदबू पेट में निगले निवाले को बाहर खींचने का प्रयत्न करती मगर पेट न जाने कितनी बार इस बदबू को निगल चुका था। वो तो टस से मस भी न होता था।

लत्तों की फिक्र ही किसे थी। वो फट भी जाये तो क्या?

नये लत्ते तो माँ ने बक्से मे रखे ही होंगे, मगर देह को तो स्वयं ही धोना था। माँ अब वह भी थोड़े न करती।

मन में बदले की भावना फुदक रही थी। उम्र का लिहाज तो हमें वेसे भी कहां था। और जब बदले की भावना का ज्वालामुखी उमड़ आता है तब उम्र का लिहाज ना के बराबर होता है या होता ही नहीं है।

प्रयत्नो की झड़ी तो वह और उसकी दुराचारी मित्रमंडली पहले ही लगा चुकी थी। अब खुद को शान्त्वना ही देनी बची थी।

कि बालकों तुम से न हो पाएगा बदला भूलो घर जाकर बदन के लत्तों को कई फेंक कर खुद की देह को गोबर की बदबू से आजाद करो और फिर से पहले की तरह मगन हो जाओ अब तो यही सम्भव था। कि हम कोई दूसरी राह चुने और हमने निराश हतास मन से वही राह चुनी जो हम न चाहते थे।मतलब बदन को धोने की।

बदन धोया कपड़े न जाने धोये थे या न धोये थे या कई फेंक दिये थे। इसकी कोई स्मृति उसके संग भी तो नहीं है मगर जब नये कपड़ो की गुहार लगाई तो माँ ने कमर लाल करी थी। पर नये कपड़े न मिले मिला तो वही पुराना खाकी सुल्तराज जिसको लेकर वह गाँव में भटक भी नहीं सकता था।

कहीं जा सकता था तो बस जंगलों की ओर ही जा सकता था जो कि उसे पसंद भी था। और उसने वही किया जो उरो परांद था या उसे वही करना पड़ा जो उसे पसंद था।

## दुखद घड़ी

जुलाई माह का पहला पकवारा मानों दिल छेदी बन गया आज सूर्य दर्शन तो हुए पर उनके के लिए सूर्य हमेशा के लिए ढल चुका था। उस तिनके मात्र प्राण को उस बदबुदाता देह से आजादी मिल चुकी थी। धरती माँ का वह लाल आज उसमें

समाहित हो जाने को था। अब किसी के गैल (साथ) वह विनोद न था। उस विनोद का वह अमोद भी न था। जो कभी हुआ करता था। बल्कि अब तो वह विनोद ही न था। उनका अंश भी न था। अब भविष्य की आश न बची थी। सिर्फ भूत की कल्पना और स्मृतियाँ ही जिंदा थी। इस दुखद समाचार को सुनते ही दिल तो दह उठा ही था मगर काका जी के छोटे भाई के लिए एक सुकून का अनुभव महसूस करने लगा।

सबसे ज्यादा दुख तो इस बात का था। कि काका जी के इंतजार में बेठी उस जिंदगी का इंतजार अब खत्म हो चुका था। जिसको कि नहीं होना चाहिए था किन्तु यह तो विधि का विधान था इसके आगे भला किसकी चलने वाली थी। जिनके संग - संग जीवन के सुख दुख का भोग विलास भोगने के हसीन सपनों को ओढ़ा था। वो मानों इसकदर टूटे जैसे कोई आईना टूटा हो जिसके टुकड़ों को समेट उसे फिर एक आईना का रूप देना जो कि असंभव सा था और वर्तमान समाज के कूप्राणियों की इतनी कड़वी बाते सुनी थी कि उनसे दिल दह उठ जाता था और उनको दिल मे छुपाना ही बहेतर था और नहीं भी था। शायद सही भी था और नहीं भी था।

कहते तो सुना मगर कोन का पता तो मेरे पल्ले भी न है।

कि मनूस खा गई जब से सगाई हुई तब से बीमार है। और ठीक होने का तो नाम ही न लेता खैर अब तो कहा से ही लेते मगर इस तरह की मानसिकता का गाँव में मिलना कोई बड़ी बात नहीं है आज भी बहुत सारे जो इस तरह की मानसिकता को रखते हैं वो उस ग्रामीण समाज पर एक काला धब्बा सा हैं और न जाने कब तक रहेंगे।

वह तो एक तरल हृदय का इंशान था। उसको भी इतनी समझ थी कि उनका दर्द समझ पा रहा था। यह छोटी सी कलम एक वास्विक्ता को लिख रही थी। जिसका शायद अब कोई मोल ना रहा। हो सकता है वह इस बार गलत हो।

आशाड़ माह का प्रथम पकवारा बीत दूसरे दिन मुझको वह चेहरा दिखाई दिया जिसे काकी स्वरूप उसने न जाने कब का स्वीकार कर लिया था किन्तु बिना काका के काकी भी कहाँ थी। काकी पाँवों की गती तेज थी। जिस कारण वह उनसे ढंग से रु-ब-रूह न हो पाया।

वह उस दिन उसके सामने से कुछ इस तरह निकले कि मानों वहाँ कोई है ही ना अब वह उदास हतास निराश सा ही हो गया न जाने क्यों? यह तो वह भी न जानता था कि वह अब उनके लिए कुछ हैं ही नहीं जिनको काकी स्वरूप स्वीकार किया जब वह वो

हैं ही नहीं तो इसका मतलब वह फिर उसके लिए कुछ हैं ही नहीं और एक कोने पर वह उदासी की चादर ओढ़ बैठ गया इस कामना में कि फिर कई ना कई तो वो दिख ही जाएंगे। अभी भी न जाने वह क्यों उनके उस टूटे रिश्ते की डोर पकड़े हुये था।

मगर आँख बंद भी न हुई थी कि इतने में उसके तरसते नैन वही जा पहुंचे जहां उनको होना न था काकी वह काकी न रही पर वह न जाने क्यों अभी भी उन्हे देखने को उतावला ही था।

पीली कुर्ती में सुसज्जित उसकी वह काकी थी जो थी ही नहीं। उनका वह मुरझा मुखड़ा था चहरे पर हंसी थी मगर वह बनावटी व दिखावटी थी जिसको कि वह भी देख पा रहा था उस बनावटी मुखड़े के पीछे जो गम का समंदर लहरा रहा था वह मानों उससे दूसरा हिमालय उपजाने के सपने देख रहा था। जो कि उसके लिए संभव तो कतया भी ना था। था भी तो उसके कल्पना लोग में ही संभव था खैर जब बातें यथार्थ की हो रही हों तो कल्पनाओं से क्या ही हो जाना था।

गुजरते दिनों का सिलसिला जारी रहा और वह चेहरा उसकी निगाओं से उतनी ही दूरी तय कर गया था। जितना की वह शायद ही कभी चाहता पर उसे वह दूरी मंजूर थी जो दूरी थी।

लंबे दिनो बाद उसने जब अपनी उस डायरी के पन्ने उल्टे जो उसे बहुत प्यारी थी जिसमें उसने अपने काका को कुछ शब्दों की टोलियाँ समर्पित की थी तो उसे आज उस दिन के सफ़ेद चोकोनों में कूरेदे गये वो शब्द दिखे जो उसे थोड़ा तो नहीं पर कष्ट बहुत दे गये अब एक नये उजाले की आश थी मगर किसके लिए वह उजाला था यह तो उसके प्रिय पाठक भी जान ही रहे होंगे।

बिना संपर्क वह उनसे था। और आज दो साल से ज्यादा का वक़्त गुजर चुका था। इन दो सालों में उनके प्रति या उनके बारे में जानने का रुझान जो था। उसका भी अंत हो चुका था। जो कि कुछ हद तक ठीक भी था

जिस घड़ी की स्मृतियाँ उसे दुख के तालाब में ही धकेल रही थी वह उन स्मृतियों के कपाट खोले ही क्यों।

इस कलम के सफर को समाप्त करने के लिए उसका यह दिल उसे प्रेरित कर रहा था इसकी वजह बस इतनी ही थी कि वह खुद को अब उस दुखद घड़ी में नहीं घसीटना चाहता था।

यह अधूरी कहानी माफ कीजिये हमारे काका की अधूरी जवानी यहीं पर अपना दम तोड़ देने की चाह में है। है ही नहीं बल्कि काका की कहानी और काका की जवानी का यही अधूरा अंत है।

पल थमा न था कल का रंग जमा न था।
आज का समा बंधा न था
रमनें ही वाला था वो खुद में
मगर आज तक रमा न था।

# 02

# तीन शवों की यात्रा

लिखने को चला कम उम्र कलम का सिपाही जीवन के अनुभवों से अछूता जीवन की अंतिम यात्रा को लिखना थोड़ा नही बहुत कष्टदायक था।

जीवन गाँव का था। गाँव की वही पथरीली पगडंडियाँ थी। जिसमें छोटी सी उम्र में पीठ पर बस्ता लिये चला करता था तो कभी फटे, पुराने बदन के चिथड़ों में।

चारों और देखू तो आजकल बचपनी मित्रों की मुखमंडली पर एक नामी सवाल था।

"दौर कोरोना महामारी का है और सीजन मौत का चल रहा है" यही मेरी मित्रमंडली का नामी सवाल था। रोज-रोज कहूँ या प्रतिरोज की शव यात्रा का सफर करना उनके लिये कष्टदायक होता जा रहा था।

और लगातार तीन दिनों तक शव यात्रा करना उसके लिये ही नहीं सबके लिये कष्टदायक होता जा रहा था। गाँव से बहुत दूर सीधी चढ़ाई चढ़ना कंधों में बढ़ती झनझनाहट की वजह थी।

तीन दिन चार शवों की यात्रा, गाँव का परिवेश, सुख सुविधाओं का अभाव, पूरे गाँव में का माहोल था जिसका की कोई हल ही न किसी को कहते सुना था उसने "बहुत सालों पहले गाँव में ऐसी दशा आ धमकी थी और वही दशा आजकल बनी है" कुछ सालों पहले की तो वह नहीं जानता मगर आजकल से वह दूर तो बिलकुल भी न है।

## *पहली शव यात्रा*

माँ के आँचल सा नींद की गोद में सोया, प्रभात में सूरज की उन किरणों का उसके कमरे में प्रवेश होना उसे ऊर्जावान बनाने की और था। माँ के आँचल सा नींद की गोद को ठुकरा वह उठा तो दूखद समाचार उसके कान झनझना गए। उसके एक अजीज का उससे या इस धरा से यूं रुखसत हो जाना उसे ही नहीं किसी को भी पसंद नहीं आया।

गाँव के जंगलों का चोकीदार जिनकी पहचान थी। वो यूं छोड़ जाएंगे सबकी उम्मीद से बिल्कुल परे था।

शंख ध्वनी से बढ़कर कोई ध्वनी नहीं पर शंख ध्वनी उसके गाँव में किसी के गुजर जाने की खबर को गाँव तक पहुचाने का जरिया था। या हुआ करता है शंख ध्वनी की बढ़ती गूंज उसे हमेंशा से ही पसंद ना आने वाली थी।

ज्यों ज्यों शंख ध्वनी बढ़ती गयी त्यों त्यों उसे अपने अजीज चोकीदार के शव के पीछे की लम्बी कतार की नजदीकी का एहसास भी होता जा रहा था।

पहले ही लिख चुका हूँ गाँव से बहुत दूर सीधी व खड़ी चढ़ाई का शमशान घाट का रास्ता जो कि बहुत दुर्लभ था। उस पर चलना बहुत ही ज्यादा कष्टदायक तो था ही साथ ही एक और दिक्कत जो कि शमशान घाट पर लकड़ियाँ एकत्रित करने की थी। वह भी थी। घर उसका गाँव से थोड़ी दूर था। जिससे उसे अपने अगल बगल के बसेरों को सूचित करने का अवसर मिल जाया करता था और वह अवसर उसे आज भी मिला।

चार या साढे चार दशक का रंग ही उसके अजीज पर झूम रहा था। या यूँ कहे कि उनकी इतनी ही अवस्था रही होगी। चहरे पर झुरिया तो ना चमक उठती उठती भी कैसे? जवानी की चोखट लांगे भी तो कम ही वक़्त हुआ था। बड़ी बड़ी मूंछे उस जंगल के शेर की थी। जो कि उसी के समान थी।

काली पतलून, सफ़ेद कमीज हाथों मे एक बड़ा सा डंडा बड़ी सी धारदार दराँती में ही अक्सर वह उनको देखा करता था। जंगल की रक्षा ही उनका जीवन था। या उनका जीवन ही जंगल की रक्षा करने को था। जो अब न था।

उन्हें देख उसे अक्सर सुनाई देनी वाली एक कहानी याद आती थी जिसका सच होने का कोई प्रमाण तो नहीं मगर गवाह बहुत थे।

लोग अक्सर कहा करते थे कि तुम्हारे दादा जी भी कभी इस जंगल के चौकीदार हुआ करते थे। उनका इस जंगल के प्रति जो स्नेह था वह भी गजब ही था और उसी की तुलना वह उनसे भी करता था शायद इसी वजह से उसके लिए वह अजीज बन बैठे थे।

मित्रमंडली चली मेरी उस सीधी चढ़ाई को चढ़ने जिससे सायद आप भी रू-ब-रूह हो चुके होंगे।

हाथों में कुल्हाड़ी जो जंगल में सूखी लकड़ी जुटाने का काम किया करती थी वह थी जिसका होना कि स्वाभाविक भी था सबसे पहले वहलोग पहुंचे वह भी पूरी राह उनके यूं अचानक गुजर जाने का गम ढो रहा था। और न जाने इंद्रदेव की भी उनसे क्या चिड़ थी जो आसमान भी हमारे लिए आज उनके लिए हितकारी ना था यह तो उनके उन जख्मों पर नमक का छिड़काव सा था।

शव यात्रा की वह लंबी कतार घाट जब पहुंची तो मिनटों में ही लकड़ियों का ढेर सा लग गया। चिता की बनावट का तो अनुभव नहीं पर बड़ी बड़ी लकड़िया और उनमें सुलगती आग को देखना उसके लिए भी एक अलग ही अनुभव था और उसके बहुत सारे बचपनी मित्रमंडली के मोती भी वहाँ विराजमान हो आए थे।

उनके माथे पर पसीने की धार तर तर करके बहती, लत्तों की क्या कहूँ वो तो इस तरह गीले थे जैसे वो हौज से डुबकियाँ काटे आये हों। करोना के इस दौर में लोग जहां हाथ मिलाने से डरते वही यह मित्र मंडली गले मिलने को उतारू थी। थी ही नहीं बल्कि मिल भी रही थी। मौसम का क्या हाल है यह तो आप जान ही जान ही चुके होगे।

काले मेघा पानी दे नहीं बल्कि काले मेघा थोड़ा रहम कर ले अभी हमारे संग बर्षा न दे, न दे अभी पानी बिल्कुल भी ना दे मगर ये तो काले मनूश मेघा थे। बरसते क्यों न और बरशे भी तो ऐसे जैसे कभी बरसे ही न थे।

बिगड़ते मोंसम की वजह से वह शीघ्र ही उस चढ़ाई से नीचे उतरते गए और अब तो वर्षा की ठंडी अमृत सी बुँदे भी उनको धोने में कोई कसर ना छोड़ रही थी। छह जनों की वह टोली जिनमें उसके अग्रज, अनुज, काका भी शामिल थे।

काका को तो वह मित्रमंडली में सुमार न करते मगर काका को वो थे। जो अक्सर उनके साथ रहते थे। उनके खेल जगत में काका वो हस्ती थे। जिनसे लंबे छक्कों को मारने को वह भी तरसता था।

जल्दी पाँव पहुंचे वह खाना खाने के उस स्थान पर जहां पर खाना तभी संभव हो पाता है जब गाँव में कोई गुजर जाये जो कि एक रीत के अनुरूप था।

और इस स्थान पर जाने से पहले जो जना घाट से आता उसे अपनी देह शुद्ध करनी पड़ती थी। मतलब उसे गो मूत्र पीना होता था। गदेरे में स्नान करना होता था। कोई स्नान न करता तो हाथ मुह तो उसे धोना ही होता था।

दरअसल गाँव में रीत थी। जब कोई ग्रामवासी गुजर जाये तो उनकी शव यात्रा में उपस्थित लोगों को भोजन कराया जाता था। जो कि गुजरने वालों के घर वालों की और से हुआ करता था। उनके यहाँ शव यात्रा मे शामिल लोगो को बरातियों सा कम भी न समझा जाता है और मरने वाले को दूल्हा समझा जाता जिसकी कोई दुल्हन न होती जिसकी सिर्फ बारात उसके घर से उठती और बरातियाँ उनके घर छन भर को आते मगर दूल्हा कभी लोट न आता था इसके पीछे के तर्क से भी वह पूर्णतया अंजान है।

जो शव यात्रा की कतार में शामिल हो घाट तक चलने मे असमर्थ होते थे। उन्हे गदेरे में जाकर बरातियों के लिये चाय पानी की व्यवस्था करनी होती थी। उनके लिये खाना बनाकर तैयार करना होता था।

शव दाह का वह भोजन और उसे ग्रहण करते वक़्त की वह मज़ाकिया भविष्यवाणी उसे लिखने को प्रेरित कर गयी उसने भी सोचा ना था।

उनका दोपहर का वह भोजन चने की दाल और चावल था। प्रिय मित्रमंडली का आपसी मज़ाकिया वार्तालाप के कुछ शब्द इस तरह थे।

"आज की दाल अच्छी नहीं बनी कल हम कड़ी चावल व दाल खाना पसंद करेंगे इसका मतलब मित्र उसके एक और शव यात्रा करने को उतारू थे।

शायद वह तो नहीं पर उनकी हाँ में उसकी भी हाँ होती थी।

मगर सभी यह बात भली -भांती जानते थे। कि यहाँ पर भोजन करने का मतलब किसी ग्रामवासी के गुजरने से है और इस स्थान पर मतलब वह जगह जहां पर भोजन करना तभी संभव हो पाता था। जब किसी ग्रामवासी के गुजर जाने के बाद उनका शव दाह किया जाता था।

किस्मत भी क्या अनूठा खेल खेलती है उसके किसी अजीज मित्र की मुखमंडली से निकले ये शब्द उसकी समझ से परे थे। और समझने की वह कोशिश भी ना करना चाहता था।

एक शतक से भी अधिक जनों का वह भोजन जिसको उसकी मित्रमंडली नापसंद करने की बाते करते नसीब वालों को नसीब होता ऐसा बहुतों का मानना भी था। जो कि सही भी था। एक लंबी कतार में पत्तलों (भोजन की थाली) में रखा भोजन संग जल भी था। टोलियाँ अवस्था के अनुसार ही थी और उसमें होनी वाली बाते भी।

खैर अब तो भोजन की पाचन क्रिया भी अब पूर्ण हो चुकी थी। बस बर्तन माँझने (धोना) बाकी थे। बिना बर्तन माँझे निकल चले हम घर की ओर आज अपने प्रिय खेल क्रिकेट को नहीं खेल पाने का गम शायद उन पर हल्का सा हावी भी हो रहा था जो कि उन्हें न चाहते हुये भी मंजूर था।

घर लौटते वक़्त भी मित्रों को चैन न था कहते खेलने आना है क्या आज? मुंडी तो उसकी भी झुकी थी। गम के सागर में तो वह भी डूबा था और ऐसा होना तो जायज ही था उसके एक अजीज जो वह ठहरे थे। सिर्फ उसी की नहीं शायद सबकी ही मुंडी झुकी थी सब एक दूसरे को देखते और गर्दन को उल्लू की तरह घूमा कर ना का इसारा करते-करते राह को काटते चले जाते थे।

राह भी कटी जा रही थी आज खेलने का विचार तो वह पूर्णतया त्याग ही चुके थे ऐसा तो होना ही था। तीन, चार बीसी के आस –पास का कोई जना होता तो शायद खेलने की सोचते भी मगर वह तो दो बीसी के आस-पास ही तो थे। इन्ही कुछ शब्दों के साथ आज की यात्रा समाप्त हुई। यात्रा तो क्या ही कहे बल्कि उसके एक ऐसे अजीज का यह जीवन संघर्ष विराम हुआ जिसको की शायद होना न चाहिए था मगर

जिसको होना है उसको तो होना ही है वह अब उसकी लेखनी का एक हिस्सा बन कर रह गये।

# द्रसरी शव यात्रा

उम्मीद से परे बीते कल की भविष्यवाणी का यूं आज में दस्तक दे जाना उसे नहीं बल्कि बहुतों को अचम्बे में डाल गया।

सोचा तो किसने ही था कि मज़ाकिया स्वभाव में की गयी बाते हकीकत बनके सामने प्रकट हो आएंगे साफ शब्दों में कहें तो उसे आज उस स्थान पर भोजन करने का एक और मौका मिल जाएगा जिस स्थान से उसने बीते कल ही आपका परिचय कराया था।

इन शब्दों से तो साफ ही जाहिर होता है कि उसे आज एक और शव यात्रा का हिस्सा बनना होगा।

खबर का वही सिलशिला था। वही कुल्हाड़ी वही लाठी थी जिसको कि आज एक और कष्टदायक शव यात्रा करनी थी।

उगते सूरज की किरणों ने उसे जगाया कुछ पल ही बीते थे। तुझे आज एक और शव यात्रा करनी है उसे उसके अनुज ने उसे बताया बताया क्या था बल्कि इसी खबर के साथ उसे जगाया भी था।

वह आज उस पथरीली पगडंडी, शमशान घाट के उस रास्ते तथा वह सीधी चढाई तो बिलकुल भी नहीं चढ़ना चाहता था बीते कल का हाल तो आप जान ही चुके हैं। इसका उपाय उसे सूझा तो उसने अपने अनुज से आग्रह करना उचित समझा और कहा कि आज वह उस शव की कतार में शामिल हो मुझमें तो शामर्थ्य नहीं वह सीधी चढ़ाई चढ़ने का।

अनुज का जबाब था कि मुझसे भी नहीं हो पाएगा सरल शब्दों में कहें तो उसके अनुज ने उसके आग्रह को नकार दिया।

गाँव की रीत के अनुरूप परिवार में जो पुरुष होता है उसे शव यात्रा करनी ही होती थी। वजह सायद आप जान चुके होंगे फिर से बताना चाहूँगा वह **"खढ़ी चढ़ाई"** उसकी बातों से आप भी जान चुके होंगे कि अब तो उसको शव यात्रा का हिस्सा बनना ही था।

बीते कल की तरह आज भी अगल-बगल के बसेरों को सूचित कर हाथ में कुल्हाड़ी, लाठी लिए चले पड़े उस सीधी व खड़ी चढ़ाई चढ़ने को अभी कुछ सौ कदमों का सफर ही तय किया था। कि उसके एक अजीज अग्रज के मुखारबिन्द से उन शब्दों की वर्षा हो पड़ी जिनको कि उसके कानों को सुनना पसंद तो था ही बल्कि उसे इसका भी इंतजार ही था।

वो शब्द कुछ इस तरह थे।"कि आज की शव यात्रा उतनी कष्टदायक नहीं होने वाली है आज हमें उस खड़ी चढ़ाई नहीं चढ़नी होगी क्योंकि उनके शव दाह की सारी प्रक्रिया उस घाट के सबसे निचले भाग में होनी है जिससे कि उन्हें सात सौ से आठ सौ मीटर की उस चढ़ाई को चढ़ने का अवसर नहीं मिलना था" जो कि उन्हें मंजूर भी था और होता भी क्यों न।

बूढ़ी दादी से तो वह भी ज्यादा रू-ब-रूह तो न था और न ही उनसे कुछ खास बन पाती थी। मगर जब बुआई का समय आन पड़ता खेत में हल चलाने को होता तो वह अक्सर उनके घर बेलों के लिए जाया करता था उनसे जान-पहचान की जो भी वजह थी वह बस इतनी ही थी।

और उनका वह पुराना पहनावा देख वह भी उस पर मोहित हो जाया करता था। और दादी से उसके बारे में भी पूछ लिया करता था मगर दादी उसे चाय के लिए आमंत्रित कर लेती और उसके सवाल पर आँख भी न फेरती थी। गर्मी हो चाहे सर्दी उनका वह पुराना पगेलू (मोटा सा ऊनी वस्त्र) जो कि देवभूमि की महिलाओं की शान हुआ करता था वह -

**आधुनिकता के इस युग में बहुत से रीति-रिवाज, खानपान, पहनावा, संस्कृति, सभ्यताएँ सिर्फ पहाड़ों से ही नहीं बल्कि हर क्षेत्र से दिन-ब-दिन लुप्त होती चली जा रही हैं इसकी एक मात्र वजह आधुनिकीकरण ही नहीं है बल्कि इस सब की बहुत सारी वजहें हैं उनमें से एक पलायन भी है जिसके चलते लोग अपनी संस्कृति, परम्पराओं से बिलकुल ही दूर होते जा रहे हैं।**

उनके साथ ही रहता था जो कि सही भी था और यह आज की युवा पीढ़ी को उनकी संस्कृति से भी मिलाने का एक महान कार्य भी था।

उसने सायद ही कभी उनके पाँवों में चप्पलें देखी हो उसने तो क्या शायद ही किसी ने उनके पाँवों में चप्पलें देखी हों अक्सर आदत से मजबूर जो थे। ऐसे सिर्फ वही अकेले नहीं थे बल्कि उनके उम्रदराज के बहुत से लोग थे जिनके पाँवों में उसने शायद ही

कभी चप्पलें देखी हों। इसके पीछे का तर्क का तो उसे भी कोई अंदाजा नहीं इसके चलते पैर इतने कठोर कि कांटे भी उन तले आते तो वहीं सिमट जाते थे।

उम्र चार बीसी से कम तो सायद ही रही होगी झुलसते चहरे पर झुरिया तो झुलस रही थी। देखा तो न था वह मगर उम्र का जो औदा था उसमें झुरियों का झुलसना भी सम्भव था।

मालूम न था कि दादी सात, आठ माह से बीमार चल रही थी। और एक हफ्ते से तो खाना भी त्याग दिया बस चिड़िया का निवाला घटक रही थी वैसे भी चिड़िया के निवाले पर भला कोन कितना जी पाता।

बूढ़ी दादी कि कोई संतान भी तो न थी मगर उनकी देवरानी के दो बेटे थे और उनका छोटा बेटा दादी के साथ ही रहता था या उनके लिए वही अपना बेटा था। बचपन से ही उन्होनें उन्हें अपना बेटा माना उनका रहन-सहन खान-पान की सारी ज़िम्मेदारी अपने कंधो पर ही ढोते थे।

लालन-पालन से लेकर शादी विवाह तक उस दादी ने ही उनको संभाला था और यह ज़िम्मेदारी आगे की भी थी मगर अब दादी की नहीं उनके बेटे की।

उसके अग्रज ने भी दादी को वही सम्मान दिया, वही मान दिया जो एक बेटा एक माँ को दिया करता है घर में आयी नयी बहू को भी दादी के संग ही रखा जो कि स्वाभाविक भी था। में तो उनकी अर्थी को कंधा न दे पाया मगर मेरे अजीज अग्रज ने मुझे बताया कि "जब में शुबह उठा ही था तब बुआ मुझे कहती (धरमु तफूून एक बडु लाठू भी च अर सियोलु भी होलु त वे भी देय)धर्म क्या वहाँ एक बड़ा सा डंडा है अगर भीमल की छाल हो तो वो भी देना"।

जिस आवरण में वह पला, बड़ा हुआ वहाँ पर शुबह किसी बड़े से डंडे की मांग करना तो अशुभ ही माना जाता है।

उसके अग्रज ने कहा "बुआ क्या पागल हो गयी हो। शुबह-शुबह कोन डंडा और भीमल की छाल लेता है" ऐसी अशुभ बाते काहे करती हो।

अरे न रे सची मा दादी जी चली गे रे तभी बोनों नीतिर मैन कैकू बोन छो (अरे नहीं सच में वो दादी जी गुजर चुकी हैं तभी तो कह रही हूँ नहीं तो मैं ऐसा क्यों कहती।

अब अग्रज के पास बोलने को कुछ बचा भी न था। सिवाय बुआ की बातों पर अमल करने के। वह तो दादी से काफी दूर रहते थे और घाट पर दूसरे रास्ते से ही जाया करते थे। यही वजह थी कि दादी की अर्थी को वह कंधा न दे पाया।

बीते कल की तरह मेरे मित्र आज भी पसीने से लर-तर थे वह क्यों थे शायद यह दोहराने की तो यहाँ पर बिलकुल भी आवश्यकता नहीं है। गंजों की टोलियाँ भी वहाँ आ पहुंची थी जिनमें कि कुछ उसके चहिते यार भी सूमार थे। जिनको कि टकलु(गंजा)कहने को तो वह भी शायद उतावला था।

आसमान भी आज बड़ा सुहावना था। आसमान से काले बादल मानों रुखसत ही गये हों। धूप की वो खिलखिलाती किरणे आज उसके चहरे के तेज को महका रही थी। चहरे पर खुशी इंद्रदेव के नहीं बरसने की थी और दुख बूढ़ी दादी के गुजरने का।

काल की गोद में समाये उस पिछले दिन की तरह आज भी शव दाह के लिये लकड़ियों का ढेर सा लग पड़ा था। चिता की बनावट को देखने को उतावला उसका वह मन चला था चिता की लकड़ियों को सजाने पास गया तो उसे सूखे, बांज की लकड़ियों का ढेर सा दिखा जिसमें कि एक को वह भी लाया था।

शव के तले की वो बांज की लकड़ियाँ जो कि काफी भारी एवं मोटी थी और शव के ऊपर रखी उन पतली लकड़ियों के ढेर को देखना भी उसके लिये अलग ही अनुभव था।

कुछ समय पश्चात गाँव के नामी लोग चिता की बनावट को तैयार करने मे जुट गये और जल्द ही पूरा भी कर गये थे उसको बस आग देनी ही बाकी थी जो की तभी हो गया था दादी के परिवार वालों का वहाँ पर गोल घेरे में दादी के चक्कर लगाया, उनका कोई सगा पुत्र तो नहीं पर वहाँ पर उनके पुत्रों की कमी थोड़े थी और फिर उनके पुत्रों का उनकी चिता को आग देना भी तो उसनें आज आँख देखी कर लिया था। मौसम का आज उनके लिए हितकारी होना उन्हें चिता की आग की उन लपटों को देखने का अवसर दे गई जिसके बारे मे कभी सोचा भी ना था।

आग की ऊंची लपटें जिनसे की काफी दूरी पर मे था। फिर भी गर्मी का प्रकोप कहर सा ढा रहा था।

चंद मिनटों का समय ही गुजरा था कि इतने में ही पूरे शव की राख बन जाना थोड़ा अविश्वसनीय था। बीते कल की तरह आज भी वह अपनी बचपनी मित्रमंडली के साथ उस चढ़ाई से नीचे उतरा और पूरी राह उनकी बातों से छनकती रही।

राह आज वह ना थी जो बीते कल थी। पूरी राह में मानों काँटों की चादर सी बिछी हो काँटों का चुबना उन्हें हल्का सा चिड़चिड़ा स्वभावी बना रहा था और उनका चिड़चिड़ा होना भी तो स्वभाविक भी था और नहीं भी ऐसा इसलिए कि न जाने वह उन काँटों की चादर पर पहले भी कितनी दफ़े चल चुके किन्तु तब और आज में फर्क बहुत था। गाँव की रीत के अनुसार घाट पहुँचने से पहले सभी को अपनी देह भी शुद्ध करनी होती थी और उसके सारे मित्र भी इसी के जुगाड़ में थे कि कहाँ पर पानी मिल जाये वैसे तो पहाड़ों में पानी की कमी भी कहाँ थी और उसके मित्रों में से किसी को तो पेट भी खाली भी करना था और उन्हें उसके लिए ऐसी जगह भी ढूँढना था जहां पर पानी भी हो और लोग भी ना देखें। गाँव में लोग ही गिने-चुने होते हैं और घनघोर जंगलों की आड़ बांज, बुरांश, चीड़, देवदार की छाव के बीच वैसी सुविधापूर्वक जगह का मिलना जिन्हें वह ढूंढ रहे थे कोई बड़ी बात नहीं थी।

खैर ऐसी जगह भी उन्हें मिली और उन्होनें अपनी देह भी धोयी और पेट भी खाली किया जो कि सायद जरूरी भी था।

गाँव में दो दिन में दो शवो की यात्रा का होना उन्हें तीसरी शव यात्रा की और ध्यान देने का न्योता दे रहा था मन में थोड़ा नहीं बहुत सारा डर अपना घर किये जा रहा था पूरे गाँव में आठ ऐसे लोग थे जिनको काल किसी भी काल अपने से रू-ब-रूह करवा सकता था।

क्रिकेट की तीन गेंदों में तीन विकेट का गिरना और उसके गाँव में तीन दिनों में तीन लोगों का गुजरना उन्हें एक सा लग रहा था यह जो दशा थी वह उसके बिलकुल ही विपरीत थी अगर एक बड़ा सा अंतर बताऊँ तो वह खिलाड़ी जो तीन बॉलों में तीन विकेट करता उसकी खुशी का तो कोई ठिकाना ही न होता मगर इसके विपरीत उनके जहां में सिर्फ डर, और निराशा ही थी जिसका होना भी संभव था वह ऐसा इसलिए नहीं सोच रहा था कि उसे क्रिकेट पसंद है बल्कि उसका ऐसा सोचने की वजह सिर्फ उसकी वही बचपनी मित्रमंडली थी। वजह का तो अता-पता नहीं पर वह भी मज़ाकिया तौर पर अपनी उस मित्रमंडली से एक वादा कर चला जो कि कुछ इसकदर था।

लम्बी जुल्फों, बडी दाढ़ी से परेशान वह सिर के बालों का सफाया करने को उतावला था और तालबंदी का दौर तो आजकल जोरों पर था एक और उसके अजीज बचपनी मित्र जो कि उसका व्यक्तीगत नाई भी था की दुकान का बंद होना भी उसकी परेशानी का कारण था।

उसका वह अजीज वही था जिसका कोई राज सायद ही उससे छुपता था चाहे वह कोमल कलियों की बातें हों या घर की बातें उसका जानना जुरुरी होता या नहीं होता मगर उसे उसको बताना ही था और वह भी शायद ही कुछ उससे छुपा पाता था।

बचपन से ही उसके सिर के बाल काटने का जिम्मा उसी का था और वह भी मुफ्त और अब उसका यह व्यवसाय था और मुफ्त में वह बाल भी न कटवाना चाहता था मगर एक वह था जो कभी रुपए न लेता जब वह भी जिद्द पर अड़ जाता तो चाय समोसे मँगवाने को कह देता था मगर उसको रुपे ना लेने थे शायद तभी एक नाता जो मित्रता का है वह सर्वोत्तम माना जाता है।

उसनें तो बस मज़ाकिया स्वभाव में ही एक वादा किया था अपने मित्रों से जो कि उसे खुद में बहुत ही लज्जित करने वाला था।

उसके लिए तो बस एक मज़ाक सा था जिसकी वजह उसकी उम्मीद थी और वेसे भी दादी तो उसकी बीमारियों से कोषों दूर थी। उसकी उम्मीद दादी के आठ - दश साल और जीने की थी किन्तु वह यह क्या जानता था कि जिन्हें वह आठ, दश साल समझ रहा है वह सब मात्र आठ, दश घंटों में ही उसी के सामने घटित होने वाला है और वैसे भी उसके मित्रों की उन आठ लोगों की सूची में भी दादी के नाम का तो अता-पता भी ना था।

## "खैर जीवन तो छणभंगुर है"

इन पंक्तियों का स्पष्ट अर्थ तो वह अब जान ही चुका था।

चंद समय गुजरा पहुंचे वह भोजन व्यवस्था की उस जगह जहां बीते कल पहुंचे थे पहुँचते ही गौ मूत्र से उनका स्वागत किया गया जो कि हर बार ही किया जाता भी था और गौ मूत्र के सेवन के कुछ समय पश्चात ही उन्हें चाय दी गयी।

चाय की चुश्कियों के साथ बेठी उसकी मित्रमंडली की चर्चा का मुख्य विषय भी उन्हें परोसा जाने वाला गोजन ही था।

गुजरा समय फिर वक्त भोजन करने का आया कड़ी चावल की उम्मीद मज़ाकिया शब्दों में छनकी थी जिसका पूर्ण होना तो संभव भी न था और जब परोसा गया भोजन तो वही चने की दाल और चावल थे जिसको खाते-खाते उसकी मित्रमंडली भी परेशान थी वैसे भी कोन सा उन्हें वहाँ कड़ी मिल ही जाती शव यात्रा में थे किसी की शादी की दावत में थोड़े थे।

अबकी बार उन्हें राजमा खाना पसंद होगा कुछ इसी तरह के शब्द उसके मित्रों के मुखारबिन्द से निकले थे जो कि बस एक मज़ाक के सिवाय कुछ और था ही नहीं।

इस बात से वह भी भली भांति रू-ब-रूह थे। कि राजमा खाने का अवसर सायद ही उन्हें यहाँ पर कभी मिले।

शायद उसकी बातों से आपको वह सिर्फ एक वह भूख्खड नजर आ रहा होगा जिसका ध्यान इस दुखद घड़ी में भी सिर्फ खाने पर ही है माफ कीजिए हमें तो वह ऐसा बिलकुल भी नहीं लगता।

थोड़ा चर्चा उन्होनें उस जगह के बारे में भी की *"कोई कहता हमें यहां पर एक छोटा सा कमरा बनाना चाहिए जो कि यहां के बर्तनों को रखने के काम आयेगा और एक टीन सेट भी बनाना चाहिए ताकि बारिश में भी कोई परेशानी न हो"*

*तो कोई कहता "वो तो बाद मे देख लेंगे सबसे पहले हमें यहां पर बेठने के लिए समतल करना चाहिए देख रहे हो कोई उन पत्थरों पर बेठा है कोई उन उड़ियारों (गुफाओ) में बेठा है और खुद को तो देखो कैसे बेठे हो दो दो पत्तल इस तरह चिपके समझ ही न आता कोन किसका है"*। पंच तो वह सभी अभी बने पड़े थे मगर ये हाथी के दिखाने वाले दांतों के भाती ही बाते थी करने वाला न तो वह था और न तो पंच बने उसके और मित्र थे

यह बात वह ही नहीं उसके सभी मित्र भी भली भांती जानते थे कि यहां से जाने के बाद न तो उन्हे इस जगह की सुध होगी और न ही उसे रही बात बदलाव कि वह तो प्रकृती का नियम है थोड़े न बदल जायेगा हो ही जायेगा।

लगभग पन्द्र मिनट (15)का समय गुजरा और इस बीच भोजन की प्रक्रिया का पूर्ण हो जाना शायद हमारे लिए शुभ संकेत था।

आज क्रिकेट के खेल को नहीं त्यागने का विचार उनके मन में आया सोचा दादी बूढ़ी थी। तो क्या शोक मनाना पर कहते हैं मगर कहते हैं जब किस्मत खराब हो तब हाथी पर बैठे जन को भी कुत्ता काट लेता है।

सरल शब्दों में कहूँ तो अपने प्रिय खेल से दूरी बनाने का अवसर बिगड़ते मोसम और तीसरी शव यात्रा का नियोता तो उनको पहले ही दे गया था।

तीसरी शव यात्रा को शुरू करने से पहले आपको बताना चाहूँगा कि शवों की यात्राएं तीन हुई हों पर शव दाह चार शवों का किया गया था।

चोथा शव भी ज़्यादा दूर न था उनके बसेरे से कुछ सो कदमों का ही फासला था मगर उनकी देह ने उनके प्राणो को गाँव में न त्यागा था।

अभी तो वह दूसरी शव यात्रा का सफर समाप्त करना उचित समझता है आगे तीसरी शव यात्रा को भी तो उसे शब्दों की माला से सफ़ेद चकोनों में सजाना है।

## *तीसरी शव यात्रा*

मज़ाकिया पल अगर हकीकत बन प्रकट हो आयें तो उन्हें झेलना थोड़ा नहीं बल्कि बहुत कष्टदायक हो जाता है और ऐसा ही कुछ उसके साथ भी हुआ। उसकी मुखमंडली से प्रवाहित हुए उन शब्दों ने उसे या उसकी वाणी को मनूस की वाणी सा बना दिया सच कहूँ तो उसकी जो गंजा बनने की ईच्छा थी वह साकार जो होनी वाली थी जो की अब उसे बहुत दुख दे गई।

उसकी छोटी दादी का यूं अचानक गुजर जाना उसकी वाणी को उसकी मित्रमंडली के बीच में अपवित्र सा ही बना गई इस बहुदुखद घटना का वर्णन उसके लिए बहुत ही कठिन व दर्दभरा था। पहले भी इन शब्दों की छाप छूटी है फिर से दोहराने के लिए वह खुद को माफी का पात्र समझता है।

पीछे भी लिखा था कि दौर कोरोना महामारी का चल रहा था यह सिर्फ एक महामारी ही नहीं बल्कि इसने बहुतों को उनका असल अस्तित्व बताया, बहुतों का जीवन छीना तो बहुतों को जीना भी सिखाया।

काली रात नींद की आढ़ में वह मस्त-मगन था। सुबह की खबर से अभी भी कोई नाता ना था और वह नींद से इस कदर लिपटा था मानों वह उसकी कोई प्रेमिका हो, खैर यह तो क्या ही होता देखते ही देखते वह काली रात मानों गुम सी हो गयी थी जिसकी कि उसको चाहत भी न थी।

चार फिट कुछ इंच की उसके कमरे की खिड़की जिसमें कि बहुत सारे छोटे-छोटे छिद्र हुआ करते थे और आज भी हैं। प्रभात में सूर्य की किरणे उन छिद्रों से अंदर आने लगी जिन पर वह बचपन में थूक से कागज चिपकाया करता था और उन किरणों के आने से पहले ही उसके कमरे में उसके अनुज का तीन बार आना भी उसको पसंद नहीं आया

और अनुज के मुखारबिन्द से निकलने वाले शब्द तो कतय भी नहीं वह बस एक मज़ाक ही उसको लगता गया क्योंकि अनुज के मुखारबिन्द से वह शब्द निकले थे जो बीते कल उसकी मुखमंडली से मज़ाकिया तौर में छनके थे।

उसका अनुज बार-बार आता ही रहा उसके कमरे में और कहता ही गया कि दादी गुजर गई हैं। बिना यकीन के वह अनुज की बातों की अनसुनी करता गया और कम्बल से खुद को छिपाता ही जा रहा था। वैसे भी ऐसा कैसे हो सकता है वह यह सोचता और फिर सो जाता तब तक के लिए जब तक कि उन छिद्रों से सूरज की किरणे उसके कमरे में न आने लगे।

फिर उसका अनुज निराश उल्टे पाँव ही लौटता जा रहा था।

चंद समय ही गुजरा था कि इतने में उसकी तुनकमिजाजिया प्यारी गुड़िया रानी का उसके संग बसे संसार की छाव पिता जी से होने वाला वार्तालाप उसके कानों के जालें कुरेद गये अब बस विश्वास के शिवाय कोई दूसरा चारा भी ना था।

दादी के गुजर जाने की खबर को स्वीकार करना उसके लिये अत्यधिक कष्टदायक हो गया था मगर स्वीकार तो करना ही था।

झटपटा वह नींद को इस तरह त्यागा कि जैसी वह उसकी कोई पुरानी दुखद स्मृति हो जिसे वह चाहकर भी अपने संग ना टिकाना ही चाहेगा।

बचपन के साथी उसका वह कमरा जिस पर कि वह कविता लिखा करता उस कविता में उस कमरे में रखी बिना कमर की कुरशी, लकड़ी की वह टेबल जो कि कभी उसके अनुज की हुआ करती थी जिस पर कि वह हक से अपना हक जताता, उस कमरे की अलमारी पर लगा वह शीशा जिसके सामने वह कभी पंजाबी तो कभी राजस्थानी तो कभी गढ़वाली गीतों में नाचता तो कभी अपने चाहिते गढ़वाली गीतों पर सुर, ताल का मेल मिलाप बैठाता था किन्तु आज उसने उस कमरे से इस तरह विदा ली जैसे कोई दुल्हन अपने घर से विदा हुई हो और अश्रुधारा से लतपत देह उसकी हो उसकी तो न थी मगर दिल पर वह चोट आई थी जिसको दिखाया भी नहीं जा सकता था।

शान्ति तो बहुत वक़्त पहले ही अपने पैर दादी के घर पसार चुकी थी। उसके घर से दादी के घर तक जाने की राह में मन उसका विचलित चंचल विचारों की जटिलता में

धसा जा रहा था जो कि वह कतय ना चाहता था। चंद लम्हे कटे और पाँवों की गति थम सी गई दादी के घर जो पहुँच गया था चारों ओर लोगों का जमाव था।

भीड़ की यह खामोसी रास न आने वाली थी और चाय की केतली उस लाल धार में बिल्कुल काली पडी थी। पूरे गाँव के कोने-कोने से ग्रामवासी दादी के घर में आ पहुंचे थे।

उसके सभी अनुज व अग्रज वहाँ विराजमान थे बस वह अभागा ही नींद से चिपक बेठा था। शायद उसे सबसे पहले वहाँ हाजिर होना चाहिए था पर हो न पाया।

दादी को इस संसार को त्यागते सबने देखा पर वह न देख पाया पूछा दादी को क्या हुआ दादी तो बीमार भी ना थी। यूँ अचानक?

दूसरी और से वो शब्द छनके जो उसके प्रश्न का उत्तर थे।

"बेटा मैं तो अभी-अभी आया पर तुम्हारी भाभी बता रही थी कि जब वह दादी को चाय देने गयी तो दादी अपने खाट पर न थी बिल्कुल सुन अवस्था में वह जमीन पर पड़ी और मूंह पर लार की धार पड़ी थी"

वह अपनी सास को बुलायी फिर तुहारी ताई ने सबको जगाया।

काली रात अभी अपने अन्तिम चरण में थी या यूँ कहूँ कि चोथा पहर अभी सिर पर था तो इसमें कोई हर्ज न होगा एक-काद घंटा भर और बचा था अभी इस अंदेरे को प्रकाश के यौयन में समा जाने को।

हड़बड़ी इतनी थी ताई के गैल कि बिना कुछ सोचे समझे वह अपनी बिटिया को उस वीरान अंधेरे की चादर में ही दादी की दशा का संदेश परिवार वालों तक पहुँचाने और परिवार के अन्य जनों को जगाने को घर से थोड़ी दूर भेज दी वैसे तो वह दूरी कुछ सो गज भी न थी मगर उस दूरी के बीच में छोटा सा बांज का जंगल था, दश, बारह खेत थे जो कि आजकल बिल्कुल खाली पड़े थे मगर गाँव में अंधेरे का खोफ कुछ इराकदर था कि जैसे घर-घर में बाघ लगा हो।

अगर खेतों के बीच की राह वह चली तो फिर भी वह आसान ना थी और पंचायती रास्ता तो पाँच सो गज को एक किलोमीटर का बना देता था जिस भी राह वह चली हो वह तो वह भी ना जाने मगर उसका यूँ अंधेरे में आना सबको अचम्बे मे डाल गया

जो की स्वाभाविक भी था और ऊपर से खबर तो उनकी बिलकुल ही अविश्वसनीय थी।

फिलहाल तो हड़बड़ी पूरे ही घर में थी और हो भी क्यों न।

दादी की खुदकिस्मती कहूँ या वह अपनी कि परिवार का कोई भी जन गाँव से बाहर न था सब गाँव में ही थे बिलकुल दादी के पास ही।

उसके बड़े अग्रज जब दादी के घर पहुंचे तो दादी के देह में तिनका भर प्राण रेंग रहा था। जमीन पर पड़ी दादी को उन्होनें उनके बिस्तर पर लेटाया और हल्का सा गुनगुना पानी दादी के किटे दाँतो को खोल उनके कंठ तक पहुंचाया और वह पानी दादी ने घटक भी लिया जिससे तिनके बराबर प्राण फिर से बसंत होने लगे मगर तिनका तो तिनका ही है बसंत आने से एक फलदार, छायादार पेड़ थोड़े न बन जाता।

दादी के बसंत होते प्राण देख, घर की किलकारियाँ कुछ पल ही बैठी थी। चहल पहल आने को ही थी किन्तु उसे कोन आने देता और तिनके के सहारे भला कोन चेन से बैठ पाता, कोन भला तिनके पर यकीन करता, हवा भर आई न कि तिनका कई दूर आसमा में उढ़ गया और हुआ भी ऐसा ही हवा का एक ठंडा झोका अपने साथ दादी के प्राण तक उड़ा ले गया।

घर की किलकारिया फिर से सक्रिय हो उठी माँ, ताई, और बहनों की किलकारियाँ गाँव के कोने-कोने तक जा पहुंची थी।

उम्मीद भी अब न बची थी और बचती भी कैसे यथार्थ के बीच भला कल्पना का क्या मोल होता खैर अब तो दादी को बस अंतिम विदाई देनी ही बाकी थी। बची-कूची कसर शंख ध्वनि पूर्ण कर गई थी।

घर में उमड़ी किलकारियाँ थोड़ा शांत हुई थी। उसके अग्रज ने उसे एक बड़ा सा डंडा लाने को कहा जो कि दादी की अर्थी को था।

उनके बड़े ताओ ने उन्हें कुछ छोटी-छोटी डंडियों का इंतजाम करने को कहा और किसी से भीमल की छाल लाने को कहा तो किसी से भीमल की छाल से बनी रस्सियाँ लाने को कहा और भांग की छाल की रस्सियाँ अगर हों तो वह भी ले आइये ऐसा भी उनके ताऊ ने किसी से कहा था।

सभी ने वही किया जो उनको कहा गया था।

चंद वक़्त गुजरा घर में जनों (आदमियों)का आडंबर सा लग गया था। दादी को कफन के कपड़े में लपेटा दिया गया।

दादी की अर्थी भी बन तैयार हो चुकी थी बस दादी को उसमें रखना बाकी रह गया था गुजरते पल वह भी हो गया जो रह गया था।

दादी के शव को दादी के कमरे से बाहर लाया गया और चौक (फर्श) में रखी अर्थी पर रखा गया फिर एक बार घर में उमड़ी किलकारियाँ इस तरह सक्रिय हो उठी मानों किसी मेले के उत्सव में उमड़ी भीड़ की गूंज हो, खैर यह वह तो न थी।

परिवार के सभी जनों ने दादी की पावन देह के चारों और चक्कर काटने शुरू किये, चक्करों की गिनती तो तीन में थी मगर परिवार में जनों की कमी थोड़े थी एक ही चक्कर (गोल घेरा)में मिनटों घुसे जा रहे थे तीन से पहले ही उस जैसे कुछ जने (आदमी)उस गोल घेरे को तोड़ अलग हो गये जो घेरा दादी को अंतिम विदाई दे रहा था।

सूरज की किरणे ऊँचे पहाड़ों की चोटियों को छोड़ नीचे बसेरों की और आने लगी, इन आती किरणों के साथ उसके चंद अग्रजों ने दादी की पवित्र अर्थी को अपने बलवान कंधो पर उठाया और घाट की ओर चलने को चले।

दादी की शव यात्रा की लम्बी कतार घर से चल पड़ी तो रास्ते भी सुनशान से थे पत्तों ने भी फ्हर-फ़हर करना छोड़ सा ही दिया था चिड़ियाँ तो चिड़-चिड़ कर ही रही थी जो उस खामोशी को चीर सी दे रही थी। उन्हें न जाने ऐसा क्यों लग रहा था कि आज कानों की जालियाँ आज बिलकुल साफ हैं।

गाँव का आम रास्ता जो महानगरों की सड़कों सा खचा-खच भरा रहता था उसकी इस विरानता को शायद ही कोई भा पाता, वह तो कतया नहीं हाँ बिल्कुल कतया नहीं।

पाँच फुट कुछ इंच की दुबली, पतली दादी उसकी, उसके अग्रजों के बलवान कंधो पर तिनके के भार सी थी, वो यूं चलते मानों उन्हें महाराणा प्रताप जी के अश्व से बाते करनी हो।

घर में जनों की कमी तो वैसे भी न थी जो उसकी दादी की अर्थी को काँध (कंधा)देने की मूराद पूरी होती।

तीव्र पाँवों की गति से गति को गतिशय उसकी वह मित्रमंडली भी थी जिसके बीच में उसकी मज़ाकिया भविष्यवाणी यथार्थ बन प्रकट हो आई थी।

दादी जी के शव दाह के लिए गाँव के घर-घर से लकड़ियाँ आनी भी शुरू हो गयी थी दरअसल गाँव की रीत के अनुरूप गाँव के हर एक घर से शवदाह के लिए आनी वाली लकड़ियों को शुभ माना जाता था।

इस दुखद घड़ी में वह शुभ तो क्या ही होती मगर गाँव के घर-घर से आनी वाली लकड़ियाँ गाँव की एकता का परिचय तो देती ही थी बल्कि यह भी साफ जाया करती कि तुम्हारे दुख की घड़ी में हम तुम्हारे साथ हैं। भगवान उनकी आत्मा को शांति दें और उन्हे अपने पावन चरणों में सदा ही रखें यही कुछ बाते वह भी अक्सर सुना करता था।

शव कतार में शामिल हो वह भी दादी की अर्थी के पीछे चल रहा था तो तभी पीछे से उसकी ताई के कुछ बोल उसके कानों में गूँजे जो कुछ इस कदर थे।

**"ऐ पप्पू यख ता आऊ, खाली हाथ क्यांकू जाणु, यूं झेडु ली की जादू (बेटा पप्पू इदर तो आओ, खाली हाथ क्यों जा रहे हो, इन लकड़ियों को भी लेकर जाओ"।**

ताई की बात को वह अनसुना भी ना कर सकता था इसलिए उसने बांज की दो मोटी सी सूखी लकड़ियाँ उठाई और चल पड़ा। कुछ सो कदमों का फासला वह तय कर चुके थे मगर जाना अभी भी बहुत था।

दोनों हाथों पर अब उसके भारी-भरकम बोझा था जिससे कि वह भी मुक्ति पाना चाहता था और उसने ऐसा ही किया अपने हाथों के बोझे को उसने अपने अनुजो के हाथों में थमा दिया और वह दादी की अर्थी की और बढ़ा।

उम्र के चंद सालों बड़े भाई से उसने अनुरोध किया किया कि उसे भी अब दादी की अर्थी को काँध देने दिया जाये यह उसका आदेश नहीं आग्रह था जिसको कि उसके अग्रजों ने सहर्ष स्वीकारा और उसकी निराशायुक्त मुराद भी पूरी हो सी गयी जो कि वह भी न चाहता था किन्तु अब उसकी चाहत से क्या ही फर्क पड़ जाता।

दादी की अर्थी को काँध में रख जब वह गाँव की उन पत्थरीली पगडंडियों से गुजरे जा रहे थे तो गाँव में हलचल ना के बराबर थी होती भी कैसे? दो शवों के दाह को पूरा गाँव लकड़ियों का ढेर जो ढोये जा रहा था।

पहला शव तो दादी का था और दूसरा शव उसके गाँव के नामी नाम का था। यह नामी नाम था (भरोतिया) दरअसल यह कोई नाम नहीं यह उनका पद था जिसको कि उनकी पहचान भी समझा जाये तो इसमें कुछ गलत भी नहीं है।

# भरोतिया

गाँव के सार्वजनिक बर्तनों के चोकीदार जिन्हें सम्पूर्ण ग्रामवासी अपनी स्थानीय भाषा में भरोतिया कह पुकारा करते थे।

गाँव में एक भंडार (ऐसी जगह जहां पर ऐसे बर्तनों को रखा जाता जो पंचायती या सार्वजनिक होते थे) था और उस भंडार के चोकीदार को ही भरोतिया कह पुकारा जाता और भरोतिया ही वह व्यक्ति होता था जिनकी अनुमति के बिना भंडार में रखे बर्तनों को कोई छू भी नहीं सकता था। ऐसा इसलिए नहीं कि वह खास हैं या उनका उन बर्तनों पर कोई निजी अधिकार है बल्कि सम्पूर्ण ग्रामवासियों ने अपनी ज़िम्मेदारी जो उन बर्तनों के प्रति है उनको सौंपी थी और उन्हें यह हक भी दिया है कि आपकी अनुमति से ही यहाँ के बर्तनों को कोई भी ग्रामवासी ले जा सकता है।

यह बर्तन सिर्फ गाँव के सार्वजनिक कार्य के लिये ही नहीं बल्कि गाँव के हर व्यक्ति के निजी कार्यों के लिये भी उपलब्द हैं उपलब्द थे और उपलन्द होंगे भी।

दरअसल इन बर्तनों का उपयोग ज़्यादातर गाँव में हो रहे विवाह कार्यों में किया जाता था और उम्मीद के अनुरूप यह ऐसा ही आगे चलता रहेगा गाँव के जिस भी घर में यह बर्तन जाते उन्हे इसके बदले कुछ कर देना होता था इसको कर तो वह क्या ही कहे क्योंकि इन बर्तनो के बदले उन्हें एक किलो घी देना पड़ता था जो कि तब काम आता जब भंडार में कोई पूजा-पाठ या कोई धार्मिक कार्य होता था।

एक वर्ष पहले ही वह उनसे रू-ब-रूह हुआ। ज्यादा मेल-मिलाप भी उनसे उसका तो था ही नहीं और सच कहें तो चंद सालों पहले कम भी न था।

मोटे-ताजे बिल्कुल छोटे भीम जैसे वह थे रिश्ता क्या उनसे इसका तो उसे भी साफ-साफ अता-पता न था कहने को तो वह (ढोडिंग वाला मामा) ही कह लेता था मगर ऐसा कोई रिश्ता शायद ही उनसे रहा हो। वह तो अपनी ताई की ओर से उनसे मामा का रिश्ता लगाये बेठे थे जो कि कुछ हद तक शायद सही भी था।

दुबले-पतले तो न थे वह और न ही किसी भारी भरकम बोझे से थे और उससे कम भी भी नहीं थे। अवस्था पचास पार थी और फुर्ती तो मानों बीस की थी डंडा टेके चलते रास्तों पर पड़े काँटों को भी साफ करते अक्सर दिख जाते थे, हम जैसों से उनकी उनसे या उनकी हम जैसों से कम ही बन पाती थी।

घर उनका भी उसकी तरह ही जंगलो के बीच था या यूं कहूँ कि दो-काद मील दूर गाँव से था मगर गाँव में हाजिर होये बिना उनका खाना शायद ही पचता(पाचन) था या शायद ही उनकी कोई ऐसी मजबूरी रही होगी जो उन्हें गाँव में हाजिर होने को ललसाती, ऐसा तो शायद नहीं था।

वह खुद को स्वस्थ रखने के लिए ऐसा किया करते होंगे नहीं किया करते थे। यह भले उसके पल्ले न था मगर यह तो एक सामान्य सी ही बात थी जो कि उसको समझ लेनी चाहिए थी।

सिर पर सफ़ेद केशों का परदा इस तरह रहता मानों आटे की पुड़िया घोले हो। विनोदमया स्वभाव तो उनमें कुछ खास न था रहा भी होगा तो उसके गैल तो कम ही रहा अब तो कभी होगा भी नहीं सिवाय उसके कल्पना लोक या कल्पना क्षेत्र के।

उस निराशायुक्त मुराद के साथ गाँव के बीच चलते वक़्त उसके जहन में बस जलीलता थी ओर हो भी क्यों न। वैसे भी यह तो उसके बीते कल का परिणाम था ऐसा उसको लग रहा था पर वास्तव में ऐसा था ही नहीं। थोड़ा खुद को कोसे जा रह था मन में न जाने क्या भूचाल उठा उठा पड़ा था

"क्यों मैं मित्रों की टोली में यह भूल गया कि यथार्थ से भविष्य की कल्पना करना हर बार हमारे अनुरूप नहीं होता। जीवन रेखा में कब दरार पड़ जाये इसका पता भला कोन जानता है इसका पता तो जन्म देने वाले तक को नहीं होता कब अंश हो और कब अंश से अंत हो जाये भला कोन जानता है। चंद वक़्त को काल खाया ही था कि वह गाँव की उस सड़क पर आ पहुंचे जो कभी कच्ची हुआ करती जिस पर कंकड़ पत्थर इस तरह बीछे होते थे जैसे किसी गाड़ी के पहिये को पंचर करने को कील बीछाए (रखना)हों।

उस सड़क पर न जाने कितनी बार वह अपनी स्कूल की पेंट के साथ इस पर घुटने टेक चुका था। हाथ पावों में न जाने कितनी दरारे आई थी इस परेशानी से तंग हो उसने इसी सड़क पर चंद पंक्तियाँ तब इस तरह लिखी थी।

सड़क मेरे गाँव की है
कच्ची।
देखूँ मैं भी राह
न जाने कब होगी
यह पक्की।

खैर अब तो यह पक्की हो चुकी थी। बीस, बाईस घर सड़क पर चिपक चुके थे, आठ, दश दुकाने भी सड़क से चिपकी थी। एक-काद यात्री विश्राम ग्रह भी बने हुये थे दस, पंद्र गाडियाँ रोज इससे गुजरा करती थी।

गाँव में दो ही गाडियाँ थी। दो से ज्यादा तब ही दिखती थी जब गाँव में किसी का विवाह हो या कुछ खास कार्य हो या किसी की शव यात्रा हो और शव को सूर्यप्रयाग घाट पर दाह होना हो।

आज का दिन कोई हर्ष उल्लास का तो न था पर फिर भी एक दशक की गिनती में गाडियों का यहाँ होना कोई असमंजस्य की बात न थी। आस-पास के सारे गाऊँ (गाँव) की गाडियाँ आज उनके गाँव में थी जो कि शव यात्रा को तैयार थी।

दादी जी की अर्थी को गाड़ी की छत पर रख उसके दो अनुज पेरेदार बन इदर-उदर बेठे थे। वह भी उसी वाहन में अंदर बैठा था और उसके सिर के ठीक ऊपर उसकी दादी चीरनिद्रा में सोयी थी। चाहता तो वह भी छत पर बैठ दादी के शव का पेरेदार बनना पर तालाबंदी जोरो पर थी और शव यात्रा को भी गिने-चुने को ही अवसर मिल रहा था वह तो गनीमत थी कि उसे वह अवसर मिला।

वाहन चालक उसका ही एक मित्र था। उम्र के तो वह पाँच, छ दीपावली ज्यादा ही रहे होंगे पर कद कांठी एकरूप ही थी मिलन उनका बस खेल जगत में ही हुआ करता था और इससे ऊपर मिलने की वजह कम ही मिला करती थी या कभी-कबार शादी विवाह में या मेलों के अवसर पर ही भेंट हो जाया करती थी।

गुजरे दो सालों से तो मेले भी बंद ही थे और इन दो सालों से ही उनकी जान-पहचान थी उसकी और अनुजों से उनकी कहासुनी थी यह उसके चित्त में था। करोना काल में भला हुआ हो न हो पर ऐसे ही न जाने कितनों से मित्रता का संबंध बनाने का अवसर मिला। इस बात से वह बेहद ही खुश भी था और निराश भी।

जो कि सभी को स्वीकार भी था।

फिलहाल उनका संबंद तो अभी एक यात्री और एक वाहन चालक का था इससे बढ़कर होने की आज कोई गुंजाइस भी न थी। होती भी कैसे? शव यात्रा में जो थे। करीबन एक काद घंटे का सफर होने वाला था और सड़क पर न जाने कितने ढाल दार मोडों से होकर हमें आगे को बढ़ते रहना था। सेकड़ों गड्डों पर गाड़ी को हुचकियाँ लेनी थी और ले भी रही थी। खाया तो वैसे भी कुछ ना और खाते भी कैसे? मगर मिजाज की बात करें

तो मिजाज सिर्फ उसके ही नहीं बल्कि गाड़ी में उपस्थित सभी जनों के खस्ते से खस्ते होते जा रहे थे। कल रात का बासी बचा-कुचा जो पेट में था और वह उसे भी जमी पर बिखरा दे रहे थे।

गाड़ी शादी-विवाह की गाड़ियों सी तो न सजी मगर उनकी कतार बिल्कुल वैसे ही सजी प्रतीत हो रही थी वसते वैसे थी नहीं उस कतार में बीच में वह गाड़ी थी जिसमें वह थे या जिसमें उनकी दादी का पार्थिव शरीर था।

दादी के पार्थिव शरीर से आगे गाँव की दो गाडियाँ थी जो कि शव दाह को लकड़ियाँ लादे हुई थी फिलहाल ज्यादा से ज्यादों का शरीर तो बधाल (बदहाल)था। शव दाह की लकड़ियों से भरे पड़े वाहन घाट जब पहुंचे तो मिनटों में ही खाली हो गये। गुजरे दो सालों में घाट तक सड़क का निर्माण जो पूर्ण हुआ था और दोनों शव घाट जो पहुँच चुके थे।

गाँव में उच्च स्वास्थ सुविधाओं का न होना उनके लिए कोई जटिल समस्या तो नहीं थी और न ही आम थी इसके तो मानों वह आदि ही थे जिसके चलते गाँव के अजीज भरोतिया को गाँव से अस्सी किलोमीटर दूर अस्पताल ले जाया गया था तीन या चार दिन अस्पताल में रहने के बाद उनकी दशा में कुछ सुधार था ऐसी ही कुछ बाते उसके जह्न तक भी पहुंची थी, खैर इन बातों का अब कोई मतलब भी नहीं जिनसे मतलब है वो ही नहीं तो उनकी बतियों (बातों) का क्या मतलब होता?

करोना के इस दौर मे उन्हें करोना की शिकायत होना तो आम बात ही थी मगर यह आम बात ग्रामीणो के लिए आम बात न थी।

गाँव के हर घर की तरह उनके घर का चिराग भी गाँव की पगडंडियों से मीलों दूर थे।

शाम चार बजे का बक्त था जब डाक्टरों ने उन्हें बिल्कुल स्वस्थ बता छुट्टी देने की बात कही थी और चंद घंटे क्या ही गुजरे कि उन्हें मृत घोषित कर काली से प्लास्टिक बेग में लपेट करोना से मृत लोगों के साथ अस्पताल के मूर्धाघर में रख दिया यही कुछ बातें उउसके काका जी के मूहजूबानी थे।

वसते उसके मित्रों की आठ लोगों की सूची में उनका भी नाम सूमार था।

घाट पर करीबन एक बीसी लोगों की जमी थी (बीस लोग) उनके घाट पहुँचने से पहले ही उनके अजीज भरोतिया का शव घाट पहुँच चुका था उन्हें इन्तजार बस उनके शव

दाह के लिए आनी वाली लकड़ियों का था जो कि गाँव से आनी थी और उनके पहुँचते ही वह भी समाप्त हो चुका था।

गाँव के वही नामी लोग भी यहाँ हाजिर हो अपने कार्य में जुट गए थे स्पष्ट कहूँ तो वह चिता की बनावट को तैयार करने में जुट गए।

बिन ओझल आँखों सा वह चिता की बनावट को तैयार करने में मदतगार की भूमिका को सहानुभूति पूर्वक निभा रहा था एक और एक पर एक यह उसकी तीसरी शव यात्रा जरूर थी मगर इस तरह ग्रामीण परिवेश में तीन दिन में चार शवों का दाह होना शायद ही कभी उससे रुखसत हो, शायद ही ये कटु स्मृतियाँ कभी उसकी निगाहों से ओझल हो ओझल हो चाहे न हो मगर जब भी इन स्मृतियों का जिक्र जीवन के किसी भी पड़ाव पर हो वह उसे तो शायद ही आनंदित करे उसे ही क्या किसी को भी आनंदित करे ऐसा मालूम तो प्रतीत न होता। और हो भी क्यों ? यह कोई शुखद : स्मृति तो है नहीं।

कष्टदायक चिता की बनावट के पूर्ण होने के पश्चात उन्होनें दादी की अर्थी को कंधों में रख दादी की चिता का ग़ोल घेरे में चक्कर काटने लगे उनके मिजाज के साथ-साथ आज मौसम के मिजाज भी खस्ता ही थे खतरनाक रवैया अपनाया यह दिन आज का उनके लिए हितकारी तो बिल्कुल भी नहीं था।

वर्षा की भारी बूंदें तो न बरसती मगर इतनी थी कि उनके लिए असुविधा जरूर पैदा कर रही थी चंद दिनों पहले हुई भारी बारिश के चलते नदी भी उफान पर थी बड़े गोल से पत्थर जिनमें पाँव फिसलने का डर माथे पर चढ़ा था और दादी की अर्थी का उनके कंधों पर होना भी उनके लिए एक बड़ी सी चुनोती थी जो कि बिन चाहत भी उन्हें मंजूर थी।

*मन्दाकिनी नदी के किनारे स्थित सूर्यप्रयाग घाट से नामी यह घाट गाँव से एक मील बीसी (२०) की दूरी पर था इस घाट के बारे में वह ज्यादा कुछ तो नहीं जानता और शायद न ही जानने को उतना रुचारु है मगर वह इसके निकट विशाल सूर्य मंदिर से थोड़ा रूबरूह था*

*सूर्य मंदिर से ही इस घाट को यह नाम मिला था और हर साल बैसाखी के अवसर पर आस-पड़ोस के दश गाऊँ (गाँवों) से यहाँ देव डोलियाँ स्नान करने को आती थी किन्तु प्राकृतिक आपदाओं के चलते और पहाड़ों में लगातार बढ़ते भूस्खलन के चलते और दो नदियों के बीच में होने की वजह से अब यह मात्र नाममात्र रह*

*गया था और यहाँ आने वाली देव डोलियों की यात्राएं भी बंद होने को थी पिछले दो बरसों से तो वैसे ही करोना काल के चलते बंद तो थी ही ना।*

और सफलता के साथ उस चुनोती को पूर्ण कर उन्होनें दादी की पवित्र देह को आदरपूर्वक अग्नि (अगनी) देव के चरणों में अर्पित कर दिया और और अजीज भरोतिया के शव को भी उनके घरवालों ने आदरपूर्वक अग्नि देव को अर्पित कर दिया हमारे और उनके ऐसा करते ही अग्री देव और इन्द्र देव में न जाने कोन सी जंग छिड़ गई इस वक़्त तो वह अग्री देव के पक्ष में थे और होते भी क्यों न यह तो स्वाभाविक ही था दोनों देवों के इस युद्ध में वह कुचले जा रहे थे और इन्द्र देव के पीछे हटने की कामना किये जा रहे थे महरबान इन्द्र देव ने जल्द ही उनकी साध को स्वीकार कर लिया और चंद वक़्त को पीछे हट आए थे।

देखते ही देखते पाँच फुट कुछ इंच की उसकी दादी राख तो न बनी पड़ी थी छोटा सा अंश देह का राख बनने को बचा और उसके अजीज भरोतिया का आद से जाद शव अभी भी ज्यों का त्यों ही अग्री देव के चरणों में पड़ा था।

दोनों शवों की और वह आँख फेरता रहा और कुछ लाइने इसकदर भी बुन बैठा,

### *अंत समय*

---

न लालच कर मोह माया का
एक दिन खाख तो तू भी होगा,
देख इस अंत समय को
एक दिन तू भी यूं
राख सा होगा।

जिंदा कंधों के सहारे
कुछ यू सा आएगा,
जिसे तू अपना समझता था
उसको भी साथ न पाएगा।

कतार बड़ी लंबी होगी तेरी अर्थी के पीछे,
मगर साथ तेरे
कोई थोड़े न आएगा
यूं अर्पित कर तुझे अग्नि देव को
हर कोई अपने ही घर जाएगा।

है ज्ञान मुझे, है ज्ञान तुझे, सब हैं जाने
नग्न अवस्था पाई थी,
नग्न में ही हमको जाना है
चार दिन की यह रीत
सबको ही इसे निभाना है।

और सुन तेरी देह का वह ढकपन,
जिसे पहने फिरता है।
वह भी तेरा साथ छोड़ जाएगा,
लपेट देंगे तेरी देह को,
एक सफ़ेद कपड़े में, जिसे कफन कहा जायेगा।
यही वह दिन होगा तेरा,
जब धर्म, जात, पात, सुख, दुख, से तू
मोक्ष पाएगा,
आज के ही दिन हर एक के आँख से,
तेरे नाम का मोती टपक आएगा।

अभी भी मन उसका भ्रमित ही था कि उसके कानों में कुछ शब्द इस तरह गूँजे।

"बेटा पप्पू ऊपर मंदिर के पास जाओ और वहाँ पर दो बाल्टियाँ रखी होंगी उन्हें ले आओ" अब बाल्टियों का मसला तो उसकी समझदानी से बिल्कुल ही परे था क्योंकि वैसे तो वह पहले भी इस घाट पर दो, तीन दफ़े आया था तब तो किसी ने ऐसा न कहा था और बिना वजह कोई काम उसे भाता भी न था या यूं कहूँ कि आता ही नहीं था तो इसमे कुछ गलत भी न समझता हूँ मगर वह बिन सवाल किए रह ही ना पाया तो पूछ लिया

*"ताऊ अब बाल्टियों का क्या काम भला"*।

तो ताऊ का उत्तर थोड़ा जटिलतायुक्त था ताऊ कहते कि -

*"बेटा जब आये थे तब तो देखा होगा कि इन पत्थरों पर राख हवाभर भी न थी और अब हमें भी इन पत्थरों को ज्यों का त्यों करना है"*

जैसे पहले थे वैसे ही होने चाहिए यह हमारे लिए ताऊ का सख्त आदेश था जिसका पालन तो हमें करना ही था।

राख का मसला उसे भी बहुत अटपटा सा लगा मगर ताओ का आदेश सराखों पर था और वह अपने कार्य की और अग्रसर होते कि पीछे से कोई बड़े कहते कि

"अपनी दादी के शरीर का छोटा सा अंश बचा देना"।

उनकी इन बातों से वह चिड़ा जरूर, मगर उम्र का इस वक़्त लिहाज तो खूब ही था तो क्या कहता मगर बिना विलंब उसने इस मसले से रूबरूह होने की ठानी और कहा चलो राख का मसला तो समझ आता है मगर अब देह का अंश भला क्यों बचाना है गाँव में तो ऐसा नहीं करते हैं तो सामने से उत्तर मिला कि

"बेटा इस घाट की यही रीत है शव का छोटा सा अंश जिसे कि अग्नी देव के चरणों से उठाकर इस नदी की मछलियों को दिया जाता है जो कि उनके लिए चारा है"।

मगर वह अभी भी दुविधा में ही था और सोच रहा था कि यह सच में मछलियों के लिए है या कोन यहाँ पर ज्यादा देर तक रहे इसका उपाय है।

तभी मन के विचारों में जटिलता ज्यादा होती कि ताऊ के पास गया और पूछा?

ताओ जी क्या है ये सब?

अगर हम ऐसा करेंगे तो नदी गंदी हो जाएगी। ताओ भी जानते थे कि नदी गंदी होगी मगर हमारे लिए तो रीत-रीत है चाहे वो जैसी भी हो सायद उसकी बातों से ताऊ को जललीलता का आभास हो रहा था और उसके ताऊ ने क्रोध में एक रूखा सा "हाँ पर" कह दिया और कहते

*"चलो आओ मेरे साथ"*

वह पीछे ताऊ के चला। ताऊ कहते

*"देखो बेटा इस नदी में कितने सारे कपड़े हैं तुम्हें क्या लगता इन में रेत भरी पड़ी है मगर बेटा ऐसा बिल्कुल भी नहीं है तुम्हें ये जो बोरे, सौल, कट्टे दिख रहे हैं उन सबके अंदर शव का एक छोटा सा अंश ही होगा और यहाँ की मछलियों को यह चारा है इसी सोच से रखा है"।*

ज्ञात तो सबको ही था कि यह गलत है उसको भी था मगर सही गलत का फ़ैसला करने वाला वह तो इस वक़्त तो कतय न बनना चाहता था नदी में जब देखा तो बीस से अधिक

शवों के अंश को उन बोरों, थैलों, और सौलों में रखा गया था और पत्थर से उन्हें दबाया गया था

घाट की रीत के अनुरूप उन्होनें भी दादी की देह का एक छोटा सा अंश दादी की एक नयी सौल में रख नदी में एक पत्थर के नीचे दखकर इस नदी की मछलियों को अर्पित कर दिया और फिर उन पत्थरों को जैसा का तैसा करने में जुट गये।

पानी की बाल्टियों की गिनती का सिलसिला चंद समय पहले ही शुरू हो चुका था। अग्रज, अनुजों की टोली बारी-बारी (एक के बाद एक) पानी की बाल्टियों से उन उन काले, राखिले पत्थरों को जैसा का तैसा करने में लगे रहे और कामचोरी में भी कोई कसर न छूट रही थी सबको दश, दश बाल्टियाँ नदी से ला उन राखिले पत्थरों को धोना था मगर कोई आठ पर अटक जाता और कहता

*"पप्पू भाई आपकी बारी है"*

पप्पू भाई भी दश की गिनती भूल सात पर दश गिन लेता और कहता

*"अनिल भाई आपकी बारी है"*

अनिल भाई की गिनती भी पप्पू भाई की तरह ही थी संग-संग पढ़ाई जो करी थी वह छह के बाद ही कहते

*"भाई साहब क्या देखते हो गिनती तो पूरी हो गयी, दो चार बाल्टियाँ आप भी ले आइए"*

छोटे भाई साहब तो हरगिज तैयार न थे पानी की बाल्टियाँ लाने को और कहते

*"अभी बड़े भाई साहब तो एक भी बाल्टी पानी न लाये हैं उनके पास दे दीजिये पहले दो चार बाल्टियाँ वो ले आयें फिर कहीं हमारी बात हो"*

पानी की बाल्टियों के मसले के इस कसमकश में जहां वह अटके थे वहाँ अब न थे बाल्टियों के मसले से वह इस तरह रू-ब-रूह हो चुका था जैसे एक मछली पानी से होती है अब इस मसले को जानने लायक कुछ था भी नहीं।

चंद वक़्त भी न थमा था इतने में वह पत्थरों को जैसा का तैसा बना चुके थे चंद लाठियाँ बची थी जिनको भी नदी को अर्पित किया गया जो जलने को थी जल न पायी मगर नीर को जरूर पा गई थी।

काले मोसे (कालिक) की छाप हाथ पर भी छूटी मगर उससे कोन सा कुछ फर्क पड़ने वाला था नदी के पास जो थे।

बिना कुछ विलम्ब के उसके चंद अनुजों और अग्रजों ने सिर के बाल मूढ़वाने की ठानी, ठानी क्या बल्कि मूढ़वा रहे थे। वह इतनी सर्दी में ऐसा कतय भी न करना चाहता था वसते वह लम्बी जुल्फे और बड़ी दाढ़ी से परेशान जरूर था किन्तु वजह यह न थी सिर के लिए उसके पास टोपा न था गले में रखा एक पुराना सा सौल जिसको कि वह सिर पर न औढ सकता था वजह उसमें बेरंग काले धब्बे और उसके वो बड़े से छिद्र थे खैर उसने वही किया जो उसे उस वक़्त भा रहा था मतलब उसने नदी के किनारे बाल न मूढ़वाये।

दूसरी ओर उनके दूसरे अजीज के शव को राख बनाने का पूर्ण प्रयास किया जा रहा था और सफलता ज्यादा दूर भी न थी।

पल ढला और दूसरे अजीज की बेजान देह का भी अंत हो गया बस उनकी देह का वही अंश बचा था जिसको की बचना ही था उनकी तरह ही अजीज के परिवार जनों ने भी वही कार्यक्रम पूर्ण किया जो चंद समय पहले उनके परिवार जनों ने किया था।

वक़्त वापसी का आ पहुंचा, उसके भाइयों का टकलापन उसके आँखों तले रेंग रहा था और वह उसे देख अपने टकले (गंजापन) की कल्पना कर रहा और मन ही मन कह भी रहा था।

**_"आखिर इन दाढ़ियों का काल आ ही गया आज तो इनको वैसे भी जाना ही है तो दो चार चित्र भी इनके, इनके जाने से पहले ही ले लू"।_**

खैर वैसा भी हुआ,

सुमाड़ी बाजार तिलवाडा का बंद होना भी उनके हित न था वजह उनके पेट में फुदकने वाले चूहे थे। तो सबने बिना बिलंब के घर की और चलना उचित समझा और वैसा ही किया जिसको जिस गाड़ी में बैठना आसान लगा वह झट से उसी पर बैठ गया अब वहाँ पर दश गाडियाँ भी न थी। शवों के पूर्ण दाह से पहले ही कुछ घर को निकल गये तो कुछ बाजार को निकले थे मगर बाजार वालों को तो निराशा ही हाथ लगी थी और जो घर को चलते बने उनका तो खैर कोई पता न था।

वही सड़क, वही मंजिल थी वही सेकड़ों गड्ढे, सकड़ों ढालदार मोड़ों का चंद सफर बचा था सफर में कुछ खास तो न बचा था मगर अभी सफर बचा था इस बचे सफर में

उन्हें बस पेट में कुछ ठूसने का विचार ही आता रह रहा था पेट की भूख की ज्वाला को शांत करने का कोई विकल्प तो फिलहाल उनके पास न था था भी तो एक मात्र उपाय यही था कि हम जल्द से जल्द घर पहुंचे और भोजन पर भूखे शेर की तरह झपट पड़े।

गाड़ी का सफर शुरू होते ही खत्म भी हो गया आसमान को काले बादलों से मुक्ति सी मिल गई। ऊंचे पहाड़ों की चोटियों पर सूर्य की लालिमा की तेजदार चमक और पेड़ों के पत्तों पर अटकी पानी की बूंदों की चमक वाकयी गज़ब थी उन तेजदार सूर्य की किरणों और उनकी गर्माहट पाने को उसके अनुज, अग्रजों ने सिर के टोपे उतार डाले, उनका ऐसा करना उचित भी था मगर वो इस बात से अभी भी अंजान ही थे कि उनके टकले खूब चमक रहे हैं ऐसा उनको कहने की चाह उसकी हुई मगर चंद समय गुजर जाने के बाद उसे भी उसी रूप में होना था इस बात से खूब ज्ञात था तो बिन कहे ही रह गया।

चंद समय पहले ही उन्होनें अपने घरवालों तक यह सूचना पहुंचाई थी कि आज बाजार बंद है तो हमारे लिए भोजन व्यवस्था करके रखें वह भी जानते थे कि आज उन्हें एक वक़्त का भोजन ही नसीब होना है।

प्रात:काल से अभी तक एक निवाला भी न निगला था और आज रात्री को तो उसके परिवार में चूला वैसे भी न जलना था उन्हें दादी के लिए आज रात्री भोज का त्याग करना था खैर वैसा तो होना ही होना था।

वक़्त वह भी आ पहुंचा था जिसके बारे में बाते करना शायद उसके लिए तो उचित ना हो वजह बस इतनी सी कि कई आप उसे भुक्खड़ ना समझ बैठे वैसे वह थोड़ा उस रूप का भी है।

घर पहुचते ही बीते कल के जैसे ही गोमुत्र से स्वागत हुआ।

वह भी ना जाने कब का बासी (पुराना)था लाल शराब के प्याले सी दिखनी वाली गोमुत्र की सीसी (बोतल) को उसकी ही गोट (पशुओं के रहने का स्थान) से लाया गया था गोमुत्र से स्वागत के तुरंत बाद ही उसके सबसे बड़े अग्रज ने उन्हें चाय का एक बड़ा सा गर्मागर्म प्याला सौंप दिया और उन्होनें चंद वक़्त तक चाय की चुसकियाँ ली।

चाय की चुसकियों के बाद उनके लिए बनाया गया भोजन उन्हें परोसा गया तो उसका स्वाद गजब ही था हर बार भोजन का ही गुणगान करना उचित नहीं यह तो वह भी जानता है किन्तु यह जो भोजन था उसे शायद ही वह कभी भूल पाये। भात (चावल) इस तरह गीला था मानों बीमार आदमी के लिए तरीदार खिचड़ी बनी हो और पेट में चूहे

यूं फुदक रहे मानों सब चट कर जायें दाल चावल और सब्जी उन्हें परोसी गई चावल का स्वाद तो वह पहले ही बताया है मगर दाल तो क्या ही बनी थी कोई भी खाता तो उँगलियाँ चाटता रह जाता और बनी भी वही दाल जिसकी चाह उसे ही नहीं उसके मित्रों को भी थी उसकी चाह उसकी दादी ही पूर्ण कर गई मगर उसके मित्रों की राजमा खाने की इच्छा अधूरी सी छूट गई और यही कामना भी वह करता कि हमेशा अधूरी ही रहे।

जैसे-तैसे उन्होनें वह भोजन समाप्त किया जो सिर्फ भूख ही कर सकती थी अगर ऐसा कहा जाये कि भूख ही वह खाना खा पाई तो इसमें शायद कोई आपत्तीजनक बात भी नहीं है खैर इसको ओझल ही रहने देते हैं ऐसा वह सोच ही रहा था कि उसके दो दीपावली बड़े अग्रज कहते

*"चल पप्पू एक बलेट और रेजर ले आओ तुम्हारे बाल भी मूढ़ (काट)ट्रूँ"*

लंबी जुल्फें घनी दाढ़ी का अंत तो होना संभव ही था तो उसने एक छोटी सी हामी भर दी जो कि उसे भरनी ही थी

*"बिल्कुल भाई"*

और अपनी प्यारी सी गुड़िया को यह आदेश दिया कि वह बड़े पतेले पर पानी गर्म करे।

पानी भी गर्म हुआ उसकी इन तीन शवों की यात्रा का अंतिम चरण भी आया वह गंजा भी हुआ दोस्तों की दावत जिसका उसने उनसे वादा किया था वह भी अधूरी रह गई अगर वह उसे पूरा करता तो वह ऐसा करने वाला पूरे गाँव में पहला हो जाता मगर वह वह पहला न बनना चाहता इसमें उसके मित्रों ने उसे पूरा सहयोग दिया मन में उनके यह बात जरूर रही होगी कि यह भूल गया दावत का वादा करके न तो वह भूला था वह तो कैसे भूल जाता मगर न तो उसके मित्रों ने कभी इस बात का कोई जिक्र किया शायद हो सकता है इस पुस्तक को पढ़ने के बाद वह उसे वह सब याद दिलाना चाहे जिसे वह भूलना चाहता मगर कई न कई उसे अमिट करने की चाह भी रखा रहता है।

# 03

# बड़ी ताई

परिश्रम की लदी दीवार मेरी बड़ी ताई की स्मृतियाँ मुझे जितना आनंदित करती हैं उतना झखझोर भी देती है।

हमारे लड़कपन के चलते घर में साँठ गांठ कम ही बनती थी मगर इससे हमें क्या फर्क पड़ता था समझदारी की चादर ओढ़े होते तो शायद पड़ता भी मगर अभी तो उससे कोशों दूर थे।

काले सफ़ेद पत्थरों की दीवारों का अंतर घर की छतों का अमिलन जरूर था मगर हमारे लिए वह कुछ था ही नहीं और उन दीवारों की परवाह भी कोन करता था और करते भी क्यों?

गोद माँ की है या ताई की इसमे कोई भेद न और न ही हमें कभी माँ और ताई के दूध में भेद हुआ होता भी कैसे? एक सा लाड़ एक सा दुलार जो मिलता था और न ही हमें

कभी घरों का भेद हुआ कोना जहां मिलता वहीं पकड़ लिया करते बिस्तर जहां मिलता वहीं लेट जाते। भोजन जहां मिलता वहीं चट कर जाते थे। हाथों के स्वाद में भी ज्यादा अंतर न मालूम होता था और ताई के हाथों का पिसा नमक जिसका तो मैं कायल ही था कभी-कभी पूरा कटोरा हजम कर जाता किन्तु डकार लेना तो भूल ही जाता था नमक का स्वाद ही कुछ ऐसा जो होता था।

एक दो बार ताई को नमक पीसते भी देखा था और मैं भी कई दफा वैसा नमक पीसने का प्रयत्न कर चुका था साधन वही मगर स्वाद में अंतर ज्यों का त्यों बना रहता था।

## *नमक*

ताई पहले तो अपने खेतों के नये सुखाये सरसों के बीजों को तवे में भुना करती फिर गारे वाले नमक (खारा नमक) को सिलबट्टे में बारिक पीस लिया करते फिर लहसुन, प्याज, पुदीना, धनिया, लाल मिर्च, हरी मिर्च और नाना प्रकार के मसाले नमक में डाल दिया करते और फिर हल्का सा उसे भून लिया करते और भुनने के बाद उसे फिर से सिलबट्टे में पिसते थे सीलोटी (सिलबट्टा)में जब नमक अच्छे से पिस जाता तब ताई उसे एक बड़े से डूँगे में रख लेती थी और *"हफ्ते भर से भी ज्यादा दिनों तक का नमक हो गया है"* यह भी कहते थे।

*"हमारे गढ़वाल के लोगों को नमक रोटी खाना ज्यादा पसंद होता है जो हमें भी है और ताई को भी"।*

भूजाल के इस युग में भी ताई साठ के दशक सी थी *"दादा लोगों की आदतें तुम्हारी ताई में साफ झलकती हैं"* ऐसा हमारे छोटे काका कहा करते थे।

आधुनिक युग की आधुनिकता से अंजान ताई जुरुर थी मगर इतना भी न कि चार, छ का हिसाब न बता पाये। हिसाब तो ताई खूब ही जानती थी मगर खाना खाने के वक़्त ताई की गणित न जाने क्यों कमजोर पड़ जाती थी ताई से एक रोटी खाने को मांगते तो ताई दो दे देती दो मांगते तो चार मगर देती ताई की आदतों के हम कभी विरूद्ध जाते तो कभी जा ही न पाते और चले भी तो कैसे चले जाते ताई जो ठहरी थी।

पूर्वजों की तरह गिन-गिन कर हमें रोटियाँ देना ताई की एक ऐसी आदत जो हमें सबसे ज्यादा नापसंद थी जितना हमें खाना होता था उतना तो हम खाते ही थे मगर ताई की कमजोर गणित हमें हमेशा ही भारी पेट रखती थी।

चकला, बेलन को छूये बगेर ताई हाथों ही हाथों में रोटियाँ बना लिया करती और बाँस की छड़ियों की बनी उस काली सी टोकरी में रख दिया करती थी जो कभी सोने सी चमक को बिखेरा करती थी वह टोकरी भी चूले के पास रह जल-जल कर काली जरूर पड़ी थी और उसे बाहर फेंकने का आग्रह मैं भी दो चार दफा ताई से कर चुका था मगर न जाने ताई को उससे ऐसा क्या लगाव था जो वह हमारी बातों को हर दफ़े ही अनदेखा व अनसुना कर दिया करती थी खैर जो भी रहा हो उससे तो मैं कभी परिचित ही न हो पाया और होने की आश भी शायद ही कभी करी हो।

लाल माटे (मिट्टी)की लिपाई, पुताई वाली फर्श पर जब हम चोपड़ी (आलती पालती) मार बैठने ही वाले होते तो ताई झट से कहती

### *"रुक-रुक पहले दरी तो बिछा दे। कपड़े तो तुम्हें वैसे भी धोने नहीं हैं"*

और ताई कहती तो हमें मगर अक्सर दरी खुद बिछा दिया करती और जब हम चोपड़ी मार बैठ जाते तो ताई हमारे घुटनों पर चार-चार करके रोटियाँ रख दिया करती थी वो चार रोटियाँ अक्सर इसलिए हमारे घुटनों पर रखा करती ताकि हम चार से कम रोटियाँ खाये ही न जो कि हमें बिल्कुल भी पसंद न आता था ताई तो खानदानी आदत से मजबूर थी जो उनसे भी छूटे न छूट पा रही थी इसलिए हमनें ही कई दफा ताई की इस आदत के अनुरूप रहने का प्रयत्न किया और उनकी इस आदत का स्वागत और सम्मान भी कई दफ़े किया था ताई जब भी हमें रोटियाँ दिया करती थी तो साथ में एक बड़ा सा कटोरा हरा साग (सब्जी)भी दिया करती जिसमें घी की मात्रा भरपूर हुआ करती थी और हम उसे झट से हजम कर वहाँ से चलते बन जाया करते थे।

ताई की एक और आदत थी जो इस पहली आदत से ज्यादा बुरी हमें लगती थी वह थी ताई का बार-बार गालियों से हमारा स्वागत करना चाहे कुछ काम को बुलाते या खाना खाने को बस गालियां ही ताई के मुखारबिन्द से प्रवाहित होती रहती थी यह जो आदत थी ताई की वह भी तो उन्हें विरासत में ही मिली थी हम इस बात से भी रू-ब-रूह थे कि ताई का यह हमारे प्रति लाड है मगर यह कैसा लाड है? जिसकी शुरुआत ही अभद्र शब्दों से होती है वसते हम उनके शब्दों को अनसुना किया करते थे मगर ताई की छोटी बेटी हमारी छोटी दीदी ने वर्तमान शिक्षा के सभी अभियानों की अवेहलना करी थी और मास्टर जी के गंगाराम ने दीदी के हाथों से ऐसा लगाव बनाया कि वह दो कक्षा भी पार न कर पाई स्कूल से इस तरह रूठ गई जैसे कोई अपने अंत समय में इस धरा से रूठ जाता है उसी तरह दीदी ने भी स्कूल की ओर कभी मुड़ कर भी न देखा और

ताई के साथ ही इस तरह चिपक गई कि उनसे दूर रहने का नाम ही न लेते थे और ऐसे में ताई की आदतों के अनुरूप दीदी का ढलना स्वाभाविक था और वो आज भी ज्यों की त्यों बनी पड़ी हैं।

शिक्षा के अभाव और चंचलता का ऐसा खुमार था कि सामने कोन, कैसा, क्या है शायद ही कभी देखा हो देखना सीख लिया होता तो देखते भी मगर वह सिखाता कोन? जो सिखाने का प्रयत्न करता बेचारा हाथ मले रह जाता था।

अगर दीदी को थोड़ा डर था तो अपने छोटे भाई साहब का और कुछ हद तक ताई का भी ताई तो दीदी की अभद्र भाषा सहन भी कर लेती मगर भाई साहब कहां ऐसा करने वाले थे उनके हाथ जो भी लगता उसी से पीटना शुरू कर देते शायद तभी थोड़ा डर भी था।

एक ऐसी घटना माफ कीजिये घटना नहीं स्मृति जो ताई ने मुझे दी और जिसको तो मैं शायद ही आजीवन भूल पाऊँ। तब पहली दफ़े मैंने बाबा का क्रोध और ताई का वो दुलार देखा जो कि शायद ही उससे पहले कभी देखा था।

बात तब की जब में फटे, पुराने बदन के चिथड़ों में कहीं भी आ जाने में सक्षम हुआ करता था।लाज, शर्म से तो अपना कोई नाता था ही नहीं भले आज मैं अपने उस खाकी, अनगिनत टालों वाले सुल्तराज में नहीं था होता भी कैसे? बड़ी दीदी का विवाह जो था, घर में खूब रौनक थी, चारों और चहल पहल थी और घर में नेगी दा के गीतों की बहार चल रही थी, नेगी दा के साथ-साथ में भी गुनगुना रहा था

### *"चार दिने की चाँदना फिर अंदेरी राता"*

बदन पर मेरे आज एक नया चमकदार नीला स्वेटर था जिसको कि बाबा दो दिन पहले ही दिल्ली से लेकर आये थे, हमारे बदन का वह नीला स्वेटर आकाश की फीकी चमक में खूब चमक रहा था वह स्वेटर तो आकाश के नीले रंग को भी बेरंग चंद पलों तक करता ही रहा और तब तक करता रहा जब तक आकाश में तारे न टिमटिमाने लगे।

ढीठ(जिद्दी) स्वभाव का होना हमारा तब हमारे अनुकूल न था और तब तो कतय भी न जब बाबा का स्वभाव उग्र गुस्सैल हो मालूम न था मगर उस दिन ताई मुझे अगर अपने आँचल में न छुपाती तो वह पुरानी तारों की बनी कुर्सी जो कि दादा जी के जमाने की थी जिस पर बैठ दादा जी हुक्का पिया करते थे दादा जी के गुजर जाने के बाद जिस पर अक्सर बड़े ताऊ बैठा करते थे।

वह आज मुझ पर ही टूट जाती।

चंद गज की भी दूरी न थी बाबा आक्रोश में आ मुझ पर ही वह कुर्सी फेंक दिये थे मगर ताई ने कुर्सी के उस वार को खुद झेला और मुझे उससे दूर रख बाबा को खूब ही शायद डांटा था इस घटना की वजह बस इतनी सी थी कि हम उस वक़्त घर की उस चहल पहल से दूर नहीं जाना चाहते थे।

इस घटना के कुछ पल पहले बाबा ने बड़े ही लाड़ से हमें चंद रुपए दिये थे हमने गाँव के नामी लाला जी की दुकान से नमकीन वाले बिस्कुट व कुछ मिठाइयाँ खरीदी थी लड़कपन के मस्त-मोला ये चमकते सिक्के उन बिस्कुटों और मिठाइयों को सबको दिखा-दिखा खाये जा रहे थे

***"तेरे बिस्कुट के पैकेट पर चार बिस्कुट और मेरे वाले पर पाँच हैं"***

इस बात पर वाद-विवाद भी जमकर था। होता भी क्यों न? एक बिस्कुट का सवाल जो होता था।

नवम्बर माह में गाँव के जंगलों से ताई के पाँव में चुबा एक छोटा सा कांटा जिसको अनदेखा करना पहाड़ियों के लिए आम बात ही थी ताई ने भी ऐसा ही किया कठोर पर्वतों के बीच बर्फ की चादर में सोने वाले हर रोज लाखों चुनोतियों का आनंद लेने वाले वो लोग अगर पाँव में चुबे कांटे पर ध्यान दें ऐसा तो संभव भी न था चूंकि उन्हें इन सब की आदत ही होती है बिना चोट बिना घाव के रहना उनके जीवन का हिस्सा ही न होता है बल्कि जीवन ही होता है।

एक छोटे से कांटे का सफर इतना लंबा चलेगा इसकी भनक न तो ताई को हुई और न ही और किसी को। जब ताई को ही न हुई थी तो ओरों को क्या खाख होती।

सूरज रोज अपनी लालिमा बिखेरता और निशा की चमक उसे हर रोज निगल भी जाती थी ऐसा चलता ही रहा और आगे भी चलता ही रहा अब तो ताई के पाँव में चुबा वह छोटा सा कांटा जिसको कि ताई ने अनदेखा किया था वह घाव गें परिवर्तित हो चुका था दिनकर और निशा के इस खेल की तरह ही ताई के पाँव का घाव भी घटता और बढ़ता जा रहा था घटता तो कम था मगर बढ़ता ज्यादा जा रहा था।

गाँव के जीवन व परिस्थितियों के अनुरूप ही ताई का होना कोई बड़ी बात न थी चंद दिनों पहले ही ताई की अवस्था ने अर्धशतक जो मारा था और ऊपर से ताई का परिश्रमी स्वभाव भी इस अवस्था में ताई के हित तो बिल्कुल भी न था। पाँव के उस बढ़ते घाव में

छोटे मोटे कंकड़ भी समा जाते जा रहे थे मगर ताई अभी भी उसको अनदेखा ही किये जा रही थी। ताई में अब न तो इतना जोस-खरोस था और न ही देह इतनी मजबूत की उस दर्द को और सहन कर सके।

आखिरकार ताई गाँव के नजदीकी अस्पताल में उस घाव की मरहम पट्टी कराने गई तो डाक्टरों ने ताई से कहा कि

*"आपके पाँव का घाव काफी गहरा है हमें इस पर बलेट से कट लगाने हैं एक छोटी सी सर्जरी होगी"*

मगर ताई राजी न हुई और न तब डाक्टरों ने ताई के उस घाव पर कट लगाये लगाते भी कैसे? ताई ने तो साफ मना कर दिया था और यह ताई की एक और बड़ी गलती बन जिसका परिणाम अकल्पनीय हुआ।

बेसुद पड़ी ताई के पाँव में कांटा चुबे करीबन दो वर्ष कब गुजरा कुछ भनक ही न लगी अब यह समस्या इतनी जटिल बन चुकी थी कि ताई उस छोटी सी सर्जरी के लिए अब तैयार थी मगर उन्हीं अच्छी स्वस्थ्य सुविधाओ के न होने की वजह से डाक्टरों ने ताई के उस बढ़ते घाव को देख कह दिया कि अब बहुत देर हो गई आप शहर के किसी अच्छे अस्पताल में इनका इलाज कराइए। यह बातें जब फिल्मों में होती थी तब इनके मायने कुछ अलग ही लगते थे मगर जब खुद के सामने हो तो इनके असल मायने खुद ब खुद ही समझ आने लगते हैं।

चंद महीने ताई गाँव में ही रही गाँव के कटु जीवन में ताई का जीना संभव भी न हो पा रहा था ताई को आराम की बहुत ही आवश्यकता मगर ताई आराम तो हराम सा समझती थी। दर्द की उस ज्वाला में भी पाँव के उस घाव को गाँव में कीचड़ पत्थरों पर घसीटती ही जा रही थी परिवार जनों से अब ताई की यह दशा भी देखी न जा रही थी गाँव के सारे जने एक-एक करके एक-एक दिन आते ताई का हाल-चाल पूछते और अंत में कहते

*"इलाज को शहर क्यों नहीं चली जाती यहाँ तो ठीक होने की गुंजाइस न कर शहर चली जा दो चार महीने में ठीक हो जाएगी फिर रहना इदर हम कई भागे थोड़े जा रहे हैं"*

उस दर्द से ज्यादा तो रोज-रोज एक ही तरह के शब्दों को सुनना वो भी नये-नये चहरों से यह सब ताई को तानों से कम तो न लगता था और ताई को बहुत ही दुखी भी करता

था इन सब से तंग आ और परिवार जनों के बढ़ते दवाब के बाद ताई को भी अब समझ आ गया कि अब तो शहर के डॉक्टरों के पास भी जाना पड़ेगा शहर में भी रहना पड़ेगा।

दिन, वार, माह, से अंजान मैं मगर अब ताई का इलाज देश की राजधानी दिल्ली जैसे बड़े शहर में चल रहा था।

ताई के छोटे भाई हमारे मामा जी अपने परिवार सहित ही दिल्ली के उत्तम नगर मेट्रो पिल्लर 42 के आस-पास ही कहीं रहते थे उन्होनें ताई को अपने घर बुलाया और ताई के इलाज के लिए अच्छा अस्पताल ढूँढने की भी ठानी। आखिर उनकी भी तो दीदी थी।

निजी अस्पतालों की ओर रुख होना तो संभव भी न था आर्थिक दशा के मारे जो थे। ताई के इलाज के लिये सरकारी अस्पतालों की ओर रुख करना ही हमारे पास एक मात्र विकल्प था और उस विकल्प के रूप में मामा जी ने दीन दयाल उपाध्याय अस्पताल को चुना।

शुरुआत के एक काद महीने ताई के उस घाव को डाक्टरों ने खूब परखा, घाव से निकलने वाले रक्त की कई दफा जांच की गई कई दफा उस घाव से छोटा सा मांस का टुकड़ा प्रयोगशाला में जाता, उसका परीक्षण किया जाता, वक़्त कटता डाक्टर रिपोर्ट देते साफ- साफ वह भी कुछ न कह पाते, फिर दूसरी बार उसी घाव से मांस का टुकड़ा लेते वही पुरानी घिसी पिटी प्रक्रिया चलती फिर कुछ शंका डाक्टरों की दूर होती कुछ रह जाती इस दुविधा में दो माह कब गुजर गया कुछ पता ही न लगा।

इस दो माह के बीच ताई थोड़ा शहर के रंग में भी ढली और हम भी ताई से मिलने जाते रहे हमें देख ताई का वह मुरझा सा चहरा जिस पर उन दिनों शहर का पानी चढ़ा था वह खिल सा उठता ताई की वह मुस्कुराहट हमें क्या लुभाती हम तो पहले से ही इस बात से रू-ब-रूह थे कि ताई की यह मुस्कुराहट तो बस दिखावे की है बस यह बनावटी मात्र है वैसे भी इतना तो समझ ही सकते थे कि इस दर्द में कोई कैसे मुस्कुरा सकता है?

ताई के पाँव का बढ़ता वह दर्द ताई को एक ऐसा साथी दे गया जो हर दिन तो न पर हर दूसरे तीसरे दिन ताई से आ लिपट जाता था और ताई को बहुत ही सताया करता था। खैर वह तो उसका काम ही था।

असहनीय दर्द के चलते ताई का नया साथी ज्वर का अब ताई के साथ उठना, बैठना, आना, जाना था, पाँव में सूजन और शरीर का दिन पर दिन लुप्त होना भी हमारे लिए दुखों की बहार की वजह बनती जा रही थी।

दो माह गुजर जाने के बाद ताई के उस छोटे से घाव को केंसरयुक्त जब बताया गया तो जो हम कामना करते ताई के जल्द ठीक होने की वह एक झूठी आशा बन कर रह गई अब यह और भी लंबा चलने वाला है यह भी हमारे संज्ञान के तले आ चुका था खैर जो भी था वह मंजूर था। और कोई दूसरा विकल्प भी तो नहीं था।

दिन ढलते, रातें कभी उनिंदे में कटी जा रही थी तो कभी चैन से भी कट जाया करती थी सभी अग्रज, अनुजों के पास समय का अभाव खूब था। एक जने का ताई के साथ 24 घंटे रहना आवश्यक हो गया था ताई को अस्पताल में भर्ती जो किया था।

इस समस्या का हमारे पास एक ही समाधान था कि हम ताई के जीवन साथी ताऊ को जल्द से जल्द शहर ताई के साथ के लिए बुलाये और दूसरा कोई विकल्प था ही नहीं नाम को तो वैसे शहर में बहुत थी मगर सभी अपने-अपने काम धंधे पर ही थे कभी-कभी वक़्त निकाल ताई से मिलने आ भी जाते किन्तु वह भी रोज थोड़े ही आ पाते तो वैसा ही किया गया मतलब ताऊ को जल्द ही शहर बुलाया गया।

ताऊ भी अवस्था के पचास पार थे तो ज्यादा दौड़, भाग भी उनसे कहां होने वाली थी और उनकी चाल तो वैसे भी पहले से ही कछुवे की थी और उम्र का पड़ाव भी तो वैसा ही था तो चाल का कछुवे की होना स्वाभाविक भी था। मगर ताई से खूब गप्पे ऐठ्ना ताऊ के लिए तो बहुत ही सरल कार्य था और सही भी था।

जब कभी ज्यादा दौड़ भाग का होना होता तो ताऊ हमारे अग्रज को पहले ही सूचित कर दिया करते थे और अग्रज जैसे न तैसे वहाँ पहुँच ही जाते थे।

अब ताई का प्रतिरोज डाक्टरों से मिलना जुलना होता रहता था। छोटी सी कद कांठी की वह डाक्टर शाहिबा जिनके आँखों पर गोल से चश्मे, सफ़ेद कुर्ता पहने शायद एक दो दफा आँखों तले हमारे भी आये थे वह ताई को खूब साहस, उत्साह से भरपूर कर दिया करते थे।

डॉक्टर साहिबा भी ताई को खूब लुभाती थी ताई के संग बाते करना उनका हर पल ख्याल रखना उनको सुकून से भर देता था।

ताई के साथ अस्पताल में एक दिन रहने का अवसर हमें और हमारे अग्रज को मिला मगर उस दिन हमारी भी दशा भी उस दिन डोलम-डोल ही रही अग्रज की दशा का तो क्या ही कहूँ वो ताई के सनिध्या में कम और अस्पताल के सौचालय में ज्यादा पड़े रहे। पहली दफ़े ही तो अस्पताल में दस्तक दी थी।

दोपहर तीन बजे का वक़्त था जब हम और हमारे अग्रज दीन दयाल उपाध्याय अस्पताल के गेट नम्बर चार पर पहुंचे, पहली दफा अस्पताल का हमनें रुख किया था तो कुछ अता-पता न था हमने तुरंत ही ताऊ जी को कॉल किया और उनको गेट नम्बर चार पर आने को कहा।

करीबन पाँच मिनट का वक़्त लगा हम ताऊ से मिले, संस्कारों की छाप छूटी और फिर हम ताऊ के पीछे-पीछे दीन दयाल उपाध्याय अस्पताल की पुरानी बिल्डिंग के वार्ड नंबर सात में पहुंचे जहां कि ताई का बैड था।

उस कक्ष में पहुँचने के बाद हमने ताई के चरणों को स्पर्श किया ताई की वह बनावटी हँसी ज्यों की त्यों ही थी ताई बस इतना ही कह पायी

*"कन छा रे, मीते त देख्णा होला कनू छों" (कैसे हो रे?मुझको तो देख ही रहे हो कैसी हूँ?)*

और पावन गंगा सी आँखों से आंसुओं की धार बहाती रही चंद वक़्त और ताई के आँखों से उन पवित्र मोतियों की धार बंद न होती तो हमारे आंखो से भी वह मोतियाँ छलक ही आते जिनको कि हम हर गिज न दिखाना चाहते थे हमें रो कर ताई को और कमजोर तो बिलकुल भी न बनाना था।

चंद काल को काल खाया, ताई थोड़ा शांत हुई, और फिर हमने उस कक्ष के चारों और अपनी निगाहें जमाई। उस कक्ष में करीबन दश या बारह बैड थे जिनमें से कि चार पाँच अभी-अभी खाली हुये हैं ऐसा ताई ने हमें बताया था और ताई यह भी कहती इन सब की दशा मुझे यहाँ बहुत सहारा देती हैं।

ताई का उन सब से परिचय था और उन सब का ताई से ताई ने उन सब से हमारा भी परिचय कराया।

जब हमनें उनकी और देखा तो उनमें से दो चार की दशा वाकयी ताई से काफी बुरी थी कोई चल ही न पाता तो कोई देख ही न पाता यही वह बात थी जो ताई को सहारा देती कि

*"ये भी तो हैं ही, इनका दर्द तो मुझसे भी फारा (ज्यादा) है"।*

ताऊ जो कि हमारे बगल में बैठे थे कब उस कक्ष से विदा हो हमारे लिए चाय व्यवस्था कर दिये इसकी हमें तो बिल्कुल भी भनक न लगी बस चाय का गिलास हमारे हाथ में

आया हम चाय की चुसकियाँ तो क्या ही लेते और हमनें चाय को झट से घटक लिया और ताऊ से कहे कि

*"ताऊ आप घर जाइए, आज हम दोनों हैं ताई के साथ"*

अग्रज के मिजाज मुझे बदले-बदले लगे तो पूछ लिया

*"क्या भाई तबियत तो ठीक है ना"*

**"ना यार साला सिर बहुत भारी-भारी सा लग रहा है"**

अग्रज ने कुछ ऐसा ही कहा था।

अग्रज आज से पहले कभी भी अस्पताल की चोखट न पहुचे थे आज पहली दफा आये तो उन्हें यह भली भांती समझ आ गया कि लोग ऐसा क्यों कहते हैं कि अस्पताल में अच्छा खासा भी बीमार हो जाता है।

वक़्त सात या सवा सात के आस-पास ही रहा होगा जब वार्ड नंबर सात के बाहर से एक आवाज हमारे कानों को कुरेद रही थी

*"खाना ले लो खाना"*

वार्ड नंबर सात के सारे मरीजों के परिजनों ने अपना-अपना थाली, कटोरा, गिलास उठाया और खाने की ओर चल पड़े, ताई अपनी उसी मधुर आवाज में हमसे कहते

*"इस बैड के नीचे थाली, कटोरा, गिलास होगा तुम भी इनके साथ जाओ और अपने लिये खाना ले आओ"*

मैं तो न गया मुझसे पहले ही हमारे अग्रज के हाथों में वह थाली, कटोरा, गिलास जो विराजमान हो चुका था।

अग्रज थोड़ी ही देर बाद रात्रीभोज ले आये जो कि सिर्फ मरीजों के लिये था एक ऊबला अंडा, तरीदार फीकी सी खिचड़ी, थोड़ा सा सब्जी, चार रोटियाँ और एक गिलास दूध उस बड़ी सी थाली में था, जो कि हमारे लिए प्रयाप्त नहीं था।

गुजरते दिनों का सिलसिला जारी था ताई की देह भी सूखी सी हो चली थी और ताई के पाँव की सर्जरी के दिन बार-बार टलते जा रहे थे उन टलते दिनों की वजह बस ताई की देह में कम रक्त का होना था, ताई की देह में मात्र आठ या नों यूनिट रक्त था जो कि

ताई के उस घाव की सर्जरी के लिए काफी नहीं था और उस घाव की सर्जरी डाक्टर तभी कर सकते थे जब ताई की देह में दो, तीन यूनिट रक्त और हो सके इसका एक मात्र उयाप यही था कि ताई की देह में दो तीन यूनिट रक्त चढ़ाया जाय और डॉक्टरों ने ऐसा ही किया।

दो सप्ताह से भी ज्यादा दिन ढल चुके थे ताई को थोड़ा आराम था पाँव के उस घाव के कैंसरयुक्त मांस को निकाला गया था और जाँघ के कुछ मांस को उस घाव में भर दिया गया था।

कुछ ही दिनों में ताई खिल सी उठी थी घर के सभी जनों की झूटी आशाएँ भी मिट्टी पलेत सी सबको लगने लगी थी और खुशी भी थी अब ताई उत्तमनगर दिल्ली नवादा मेट्रो पिल्लर नंबर 42 के आस-पास मामा जी के साथ नहीं रहती थी।

ताई अब अग्रज के साथ ही दिल्ली करोलबाग में देवनगर आनंद पर्वत की उन गलियों में से एक में थी जिन्हें देख मैं भी गाँव की पगडंडियों से हो आता था वैसे तो वह गलियाँ गाँव की तुलना लायक न थी शोचालय के जल की निकासी की व्यवस्था कुछ खास न थी सड़कों पर चुपके पाँव चलना भी संभव न था खैर चल तो लाखों रहे होंगे मगर ताई के लिए इस अवस्था में तो संभव न था।

एक दिन जब ताई के गैल गप्पों की गुथिया बंधी तो वहाँ का आवरण भी महक सा उठा था और यूं ही हमनें ताई के पाँव के उस घाव को देखने की चाह चाई तो ताई ने झट से पाँव पर बंधी वह सफ़ेद प्लास्टिक की पोलोथीन जो कि उस घाव को पानी से बचाव के लिए थी वह उतारी।

जब उस घाव पर हमारी आँख जमी तो वह हमें काफी राहत दायक सा लगा पूछा तो ताई ने भी ऐसा ही कहा

***"काफी राहत है"***

और बातें करते ताई से कि तभी भौजी हमारी वहाँ एक थाली गें चार गिलारा चाय ले आये और ***"पहले चा(चाय) पी लीजिये यह कह दिये"*** यह उनका आदेश नहीं बल्कि आग्रह था और हमें यह स्वीकार था।

चाय की चुसकियाँ लगी, अनुज, अग्रजों की बाते हुई, मिलाप तो अपना भी भरत मिलाप से भी कम तो न था,

*"और सब ठीक - ठाक, क्या कर रहा है आजकल? कहाँ है? फोन-फान तो तुम्हें करने आते नहीं हैं कम से कम उठाया तो करो"*

ऐसी न जाने कितनी बाते हमारे बड़े भाई साहब हमारे खड़े कानों के अंदर ठूसे जा रहे थे और हम उन्हें अपलक देखे जा रहे थे मूह पर तो हमारे जैसे 10 किलो का ताला लगा था जिसे हम तोड़ भी न सकते थे और चाबी होते हुए खोल भी नहीं सकते थे।

खैर जो हुआ सो तो हुआ ही।

टिक-टिक करके घड़ी की सुइयां एक, तीन, छ बना चुकी थी और तभी कालू भी वहाँ आ पहुंचा और हमारी तलासी लेने लगा ताई व अन्य जनों से कालू खूब परिचित था मगर हमारा परिचय आज पहली दफा ही कालू से हो रहा था तो कुछ डर हमारे जहन में कालू से था और कुछ डर तो शायद कालू को भी हमसे न जाने क्यों लग रहा था जो वह पास आता और आते ही ताई के पीछे छुप जाता था।

ज्यों-ज्यों वक़्त गुजरा कालू भी हमारे करीब आता गया और मुझसे उसे किसी भी प्रकार का खतरा नहीं यह भी वह समझ चुका था और हम भी।

कालू को तो मस्ती सूझी जा रही थी मगर समय से हमारे हाथ अभी थोड़ा तंग थे हमें उन चढ़ाई वाली गलियों से हो वापस अपने कमरे को भी आना था और अभी तो हमने दोपहर का भोजन भी न किया था जिसको कि भौजी ने बड़े ही चाव से बनाया था और दो, तीन दफ़े भोजन करने को भी बतियाये थे।

भोजन भी हुआ और साढ़े चार भी अपना झोला उठा व ताई के पाँव स्पर्श कर और भाइयों से विदाई का मिलता हाथ मिला हम भी वहाँ से घर की ओर चल पड़े और कुछ ही पलों में पहुंच भी गये।

कई दिन गुजरे अपनों की कोई सुद हमें न थी खुदी में मगन थे जब सभी अपने में खुश हों तो कोई हाल-चाल भी न पूछता मगर एक दिन एक भरी दोपहरी थी हमारे अग्रज का फोन आता और हमारे कानों को झुझला देता

*"भाई कैसा है? कहाँ है? मैं अभी एम्स में हूँ यहाँ आ जाओ।*

क्यों, क्या, कुछ, इस तरह के सवालों में उलझने से उत्तम मुझे एम्स जाना लगा वजह बस मुझे वहाँ पहुँचने में 10 मिनट भी न लगना था और वैसा ही मैंने किया।

दश से भी पहले जब वहाँ पहुंचा तो ताई व ताऊ ही मुझे वहाँ दिखे भले उस पल निगाह हमारी अग्रज को तलास रही थी। ताई से इस बार जैसे मिला वैसे पहले शायद ही कभी मिला था धूप में बैठी ताई पाँव पसारे हाथ में पानी की बोतल पकड़े थी और बगल में बैठे ताऊ जी मुँह उतारे थे उनसे बस इतना ही पूछा

*"ताऊ जी भाई कहाँ है"*

*"वह ए टी एम में गया है"* ऐसा ही ताऊ ने कहा था।

ताई अब पहले से बेहतर तो नहीं थी बेहतर होती तो वहाँ थोड़े होती। देह भी पहले से ज्यादा सिकुड़ चुकी थी चहरे पर झुरिया चंद दिनों में ही उमड़ आई थी वह पुरानी यांदे ताजा जो हो रही थी जिस काटें से यह सफर शुरू हुआ वह खत्म होकर फिर से शुरू जो हुआ था इस बार ताई के पाँव का वह घाव अपेक्षाकृत पहले से भी बढ़कर था और उससे भी दुर्दशा में था।

अस्पताल भी अब बदल दिया गया था दीन दयाल उपाध्याय की जगह अब सदरजंग की और रुख हुआ था और चंद दिनों में ही डाक्टरों का नजरिया भी बदला-बदला सा हमें लगा था लगा ही नहीं भगवान भरोसे ही अब ताई थी।

मगर भगवान भरोसे कब तक रहते। कहने वाले ने तो यह भी कहा है क्या पता जब भगवान हमारे ही भरोसे बैठे हों।

शहर की बहुत सी अंजान गलियाँ और चंद पहचानी गलियों से दूर और गाँव की उन पत्थरीली पगडंडियों व बांज, बुरांस, चीड़, देवदार की ठंडी छाव व दोपहर की कड़कती धूप में ताई को भेजना ही एक मात्र विकल्प ही हमारे पास था जो कि उचित भी था।

गाँव की उस शांति में ताई को एक पकवारा भी न हुआ था कि भगवान भरोसे की जो आखिरी डोर हमारे हाथों में थी वह भी छूट चुकी थी।

सत्ताईस फरवरी का वह मनुष दिन हमारे एक ऐसे अजीज को हम से छीन ले गया जिसने हमें न जाने कितनी ऐसी स्मृतियाँ दी जो हमें ताउम्र महकाती रहेगी आँखों से छलके मोती जिन्हें हम आज चाह कर भी समेट नहीं सकते थे या आज समेटना चाहते ही नहीं थे। और समेटते भी क्यों।

ताई धरा को अलविदा जरूर कह गई थी पर आज भी वह हमारे ही साथ इस धरा पर है और हमेशा ही रहेगी भी।

*"बहुत बार समझाया था इसको कि यह शोचालय बंद कर दे नहीं किया तो परिणाम देखा न खुद ही न रही"*

ऐसी एक बात अक्सर अनुज को सुनने को मिली थी दरअसल यह शोचालय जो ताई ने बड़ी मेहनत से बनाया था वह अपनी कुल देवी के थान (देवी, देवताओ की पूजा का स्थान) के ठीक ऊपर था और देवभूमि में इस तरह की बातों का होना कोई बड़ी बात न थी यह बात मुझ तक भी पहुंची थी और हमने एक ही सुझाव अनुज को दिया

*"जो ताई चाहती थी वही हो यह शोचालय बंद करने की बिल्कुल भी आवश्यकता न है"*

खैर हमारे लिए तो यह एक आम बात ही थी। हमारी बड़ी ताई जिन्होनें हमें बहुत कुछ दिया उनके लिये यह कलमकार इन शब्दों की टोलियाँ ही भेंट कर पाया।

## माँ

*"ऐ अनिल, ऐ अनिल खडु उठी, सबेर वेगी रे"*(ओ अनिल, ओ अनिल चल उठ जा अब सुबह हो गई है)

अब ऐसा कहने वाला कोई नहीं है और कान तो यह सुनने को लगे रहते हैं चंद दिनों तक का भ्रम था या मेरे कानों की जालियाँ साफ हुई थी जो बस यही शब्द मेरे कानों में छनकते रहते थे।

आँखें मेरी लाल हो गई हैं। माँ क्या मुझे देख रही हो न। कैसा हूँ? अब तेरा यह आलसी लाल साँड़ों की तरह नहीं सोया रहता है तेरे बदले के काम भी तो मुझे ही करने पड़ते हैं न एक पानी की गेलन भी जिससे बड़ी मुश्किल से उठती थी वह मेहनती भी खूब हो गया है और माँ तुझे पता है सभी कहते हैं की ये बड़ा स्वार्थी हो गया है और कंजूस भी कम न हुआ है माँ अब उन्हें कोन समझाये कि मैं स्वार्थी नहीं बस थोड़ा जिम्मेदारियों से बोझिल हो गया हूँ।

माँ तुम मुझे ऐसे गहरे समंदर में बिन पतवार की नाव में बिठा कर क्यों चली गई। मेरी आँखों के मोतियों को तेरे सिवाय कोन भला इस समंदर में पहचान पाएगा और वैसे भी आजकल फुर्सत ही किसे है? आजकल तो लोगों के पास अपने लिये वक़्त नहीं है तो वह भला क्या दूसरों का हाल चाल पूछेंगे।

अब तो वह चूला चार बजे नहीं जलता और न ही वह पानी की ताँबे वाली छोटी गगरी खड़-बड़, खड़-बड़ करती है माटे के फर्श पर बिछी वह लाल दरी महीनों तक पानी में नहीं जाती है और पापा को तो जानती ही हो ना तुम कितना कर पायेंगे, बीड़ी तो उनकी सिराहने कम न रहती हैं और रात भर ख्वख-ख्वख (खाँसना) लगे रहते हैं पर तुम चिंता मत करना वह मेरा खूब ध्यान रखते हैं और मैं भी इतना योग्य हो गया हूँ कि पापा का ख़याल भी रख सकता हूँ।

गायों के जिस गोठ और भेंसों के जिस खर्ख को तुमनें सींचा था वह भी आज बांज सा पड़ा है अब तेरा जैसा मेहनती भी तो कोई न है न घर में माँ जिस गोठ से कभी घी, दूध, दही, के पतेले निकला करते थे, जिस परया(दही से मक्खन बनाने वाला बर्तन)के पीछे कभी सारा दिन निकल जाता था, जिसको हर आते-जाते जनों से तुम बचाये रखते थे वह भी पता नहीं आजकल कहाँ पड़ा है उसकी सुद लेने वाला भी कोई न है।

उन बुढ़ियाओं की गप्पें भी आज इस चौक पर नहीं लगती हैं न तो अब कोई बाहर से कहता-

***"ऐ शाखे बुवे क्या छे कनी"?*** ओ शाखा की मम्मी क्या कर रही हो।

और हाँ माँ अब तो उस नानी को भी यहाँ का रास्ता याद न आता जो आठ बजते ही तेरे संग गप्पों की झड़ियाँ लगाने को आ जाती थी और पड़ोस के दो दाँत वाले दादा भी अब अपनी डींगे हाकनें यहाँ नहीं आते मुझे तो कभी कभी उनकी चिंता भी खाये जाती कि क्या उन बेचारे दादा को कोई उनकी डींगे सुनने वाला मिला भी होगा और हाँ माँ दो, चार तो शायद तुम्हें भी वहाँ मिली हों और हाँ माँ क्या तुम्हें वहाँ दादी मिली? कुछ दिनों पहले ही वह हमें छोड़कर चली गई है तो शायद तुमसे वहाँ मिली हों।?

उन दिनों की तरह मेरे लिए आधी रात खाना गर्म करने को कोई नहीं जगा रहता और अब तो में इस आश में भी नहीं रहता कि कोई मुझे खाना गर्म करके देगा आधी रात को भी मेरी राह तांके रहेगा और तब जाकर चैन से बेठेगा जब में सो जाऊ।

उन दिनों की तरह रात भर भिभलाहट भी इस आँगन में नहीं होती है राते सुनसान और दिन उजड़ से गये हैं और आंखे भी वह नशीली न बची हैं जो कभी तेरे सानिध्य में हुआ करती थी पुरानी वह चंचलता भी कहीं ठहर सी गयी है और ठहरे भी क्यों न सब मुझे ही तो देखना है और छोटी दीदी को तो आप जानती ही हो ना उनका स्वभाव कैसा है तेरे सिवाय वह सुनती ही किसकी है।

माँ वो जिन खेतों के पीछे तुम दिन भर भूखी, प्यासी रहती थी, धूप बरसात कुछ भी न देखती थी और जब मैं कभी उन खेतों में हल जोतने को न आता तो तुम चिड़ जाया करती और न जाने क्या-क्या खरी-खोटी सुना दिया करती थी उन खेतों की ओर मेरा रुख तो कम ही होता है मगर जब भी होता है गुजरी वे स्मृतियाँ मुझे तरोताजा करती और आज की ही सी लगती हैं।

माँ वैसे उन सारे खेतों की रेख-देख काकियाँ अच्छे से कर रही हैं ओर जब तेरी बहू आ जायेगी तब वह तो कर ही लेगी मगर में उन्हें कभी निर्नाज नहीं होने दूंगा।

माँ मैं जानता हूँ कि तुम मुझसे बहुत दूर चली गई हो ओर में लाख बुलाऊ तो भी न आने वाली हो माँ वैसे सच बताऊँ तो यह सब झूठ है। तुम मेरी रूह में समाई हो ओर जब तक मेरी रूह जिंदा है तब तक तुम्हें मुझसे दूर कोई कर ही नहीं सकता है।

माँ आजकल पापा तो अकेले ही रहते हैं मैं उनके साथ रहना चाहता मगर कैसे? उनको अपने साथ रखना चाहता हूँ मगर कैसे?

माँ तुम तो जानती ही हो नौकरी पेशे पर हूँ आज का दिन यहाँ हुआ कल का कहाँ होगा इसका कुछ पता ही नहीं होता है।

माँ नानी से अक्सर भेंट होती रहती है और नानी तो तुम्हारी ही स्मृतियों में खोई रहती है

### *"मुझ से पहले ही ये निर्मोही (निठुर) चली गई"*

बस एक ही रट रटे रोती रहती है ओर हाँ माँ एक जरूरी बात और है तेरे लिए बहुत बड़ी खुशखबरी है मेरी कुछ दिनों पहले ही मंगनी हुई है और जल्द ही माँ तेरी वह इच्छा भी पूर्ण होने वाली है जिसका जिक्र तुम मुझसे रोज ही किया करते थे सुना है तेरी बहू बिल्कुल तेरी ही तरह मेहनती है रंग-रूप की धनी तो नहीं है ऐसा भी सुनने में आया मगर जिनमें मुझे तुम दिखते हो वहाँ रंग रूप देखता भी कैसे। खैर रंग-रूप तो एक दिन ढल ही जाता है उस पर तो विश्वास भी नहीं किया जा सकता ना माँ।

वाकयी मैं अग्रज की डायरी के पन्नों को उलट रहा था यूं ही इन विचारों का जाल बुने जा रहा था या यूं ही नयी कहानी को जन्म दिये जा रहा था। अग्रज की पीड़ा समझ सकता था जब हम दोनों ने खुद को साथ-साथ ही जाना हो तो एक दूसरे के दुख दर्द का अहसास फिर हम क्यों न जानते।

वैसे बता दूँ अग्रज तो डायरी लिखते ही न थे एक दिन पूछा तो

**"कहां यार भाई फुर्सत ही किसे है अगर कभी वक़्त मिले तो जरूर लिखूंगा"**

ऐसा ही कुछ नहीं बल्कि यही उस दिन कहे अनुज के शब्द थे ओर फिर हमें कभी हिम्मत न पड़ी उनको डायरी लिखने को कह सकें चूंकि पारिस्थतियों से हम भी वाकिब थे उनकी दिनचर्या का उदय ओर अंत दोनों ही देख जो चुके थे साहस भी जुटाते तो कैसे जुटाते।

# 04

# बड़े काका

होली का दिन था चार दिन पहले ही उसके घर में होली के रंगो की बहार पसर चुकी थी।

पिचकारियाँ, हरा, लाल गुलाबी, गुलाल आदि उसने भरपूर मात्रा में अपने कमरे की अलमारी के दराज में रखा था बस कमी थी तो इन दो चार दिनों के कम होने की थी और बेसब्री से इंतजार था तो इन दो चार दिनों के कटने का ही था।

दसवीं की परीक्षाएँ चल रही थी मंद बुद्धी का वह आजकल पढ़ाई पर बगूले सा ध्यान लगाए बैठा था आज ही उसने अग्रेजी की परीक्षा जैसे न तैसे दे ही दी थी सामत तो कल की थी गणित की परीक्षा जो देनी थी गणित से तो वह सारा नाता ही तोड़ देना चाहता था

*"जितना भी करू साला होता ही नहीं हर बार अंडे भी न खाये जाते अब और डंडे भी जितना भी पढ़ूँ सब भूल ही जाता हूँ तो ऐसे विषय को पढ़ना ही क्या"*

इस तरह के विचारों का झरना कभी-कभी उसके शांत मन को भटका दिया करता था कल की गनीमत टाल दूँ बस फिर तो नाता ही खत्म इस गणित से यह विचार भी उसके मन में कोंधा था।

परीक्षा तो कल बारह बजे तक खत्म हो ही जाएगी फिर तो हमें होली के रंग में ही रंगना है इन विचारों की हौड़ उसमें एक अलग ही ऊर्जा का संचार कर रही थी।

होली का सारा कार्यक्रम तैयार हो चुका था मित्रों की अलग-अलग टोलियाँ बन चुकी थी कोन किसकी टीम में और कोन किसकी टीम में यह बहुत विवादोपरांत तय हो ही गया था मगर वह भला विधि का विधान कैसे जानता और क्या जानता कि इस होली का यह

गुलाल, पिचकारियाँ आदि जिनके पीछे उसने न जाने क्या कुछ सोच विचारा हुआ था सिर्फ वही नहीं न जाने कितने वर्षों तक उससे रुखसत रहेगी

***"स्टील की बड़ी वाली बाल्टी में पूरा एक पैकेट गुलाबी गुलाल का घोल बना सबसे पहले काका का ही स्वागत करेगी अपन की यह दुष्ट मंडली, मंडली को सख्त आदेश भी दूंगा और नहीं माने तो पानी भी न दूंगा"***

यह विचार भी उसको आया था।

यह भी वह न जानता था कि होली का यह गुलाल उसी दराज में पड़े-पड़े सड़ने वाली है अब गुलाल, गुलाल न रह कालिक में बदलने वाली है। वह तो यह क्या ही जानता वह तो क्या कोई भी यह कभी न जान पाता कि जिस होली का उसको बेसब्री से इंतजार है वह सायद ही कभी खत्म हो। आज सात बर्ष गुजर गये इस बीच तो वह दिन न आया आगे भी आएगा या नहीं इस शंका का उसके मन में कौंदना भी स्वाभाविक था।

काली मनूस वह रात उजाले के तलास में थी इन्द की निशा पर विजय तो रही थी मगर जैसे-जैसे उसकी पकड़ ढीली होती जाती वैसे-वैसे निशा भी रूठी चली जाती थी दीवाल (दीवार) पर टंगी घड़ी की सुइयाँ टिक-टिक करके पाँच बजा चुकी थी और गाँव में खड़बड़-खड़बड़ शुरू हो ही रही थी पूर्णतया न थी।

गाँव के नजदीक की गाँव वाली सड़क से आने वाली चंद किलकारियाँ जो उसकी काकी थी वह ग्रामीणों के कान खड़े कर उनमें हड़बड़ाहट का माहोल बनाने को काफी थी गाँव की शांति में एक घर में भी बच्चा रोये तो उसकी किलकारियाँ गाँव के कोने-कोने में जा पड़ती हैं इन किलकारियों के साथ उसकी काकी के शब्द भी बड़े जहरीले थे काकी चिल्ला-चिल्लाह कर बस यही कह रही होती है कि

***"टुपुरु मरीगे वो"*** टुपर गुजर गया है

एक, दो दफ़े नहीं कई दफ़े उसकी काकी इन शब्दों तो दोहरा चुकी होती है गाँव के कुछ जनों के कानों में तो उसकी काकी की एक किलकारी से ही जूं रेंग गए थे मगर उसके परिवार के जनों ने तो जैसे कल ही घोड़े बेचे हों, ऐसे बेसुद पड़े थे।

उसकी बूढ़ी दादी के कानों में जब वह किलकारियाँ गूँजी तो वह भी

***"कान चहक रहे होंगे मेरे"***

यही सोच रहे थे वैसे भी बूढ़े कानों पर कैसे विश्वास करते वह मगर जब बार-बार किलकारियाँ कानों के जाले कुरेदती जाती फिर वह जैसे न तैसे उठे और अपने नालायक नाती से कहते-

*"ऐ भैर सूण दु जरा स्या बीने आवाज चा ना अर स्या किया बोनी तू भी सुनणु"*
*(ओ बाहर सुन तो जरा, वो क्या बीना की आवाज है और वह क्या बोल रही है, तू भी सुन रहा है।*

सुन तो क्या ही रहा होता वह, अगर सुन रहा होता तो सड़क में सबसे पहले न पहुँच जाता, मगर जों ही वह अपने रेन बसेरे से बाहर घर की छत पर आया और कान खड़े करके सुनने लगा तो वह उन्हीं बेहुदा शब्दों को सुनता है जिनको उसकी काकी अब तक सेकड़ों दफ़े से भी अधिक दोहरा चुकी होती है मगर उसके लिए पहली दफा था।

देखते ही देखते पूरे घर में सब जाग जाते उठे और सड़क की ओर दोड़ने लग जाते हैं सभी के दिलों की धड़कने तेज थी सिर्फ वो ही सड़क के बाट (रास्ता) न लगे बल्कि पूरा गाँव ही अब सड़क के बाट लग चुका था और आधा गाँव तो पहले ही सड़क भी पहुँच चुका था।

सड़क वह जब पहुंचा तो वहाँ का मंजर काफी भयावय था पूरे गाँव का वहाँ पर जमा हो जाना उसको जलीलता के तालाब में धकेल रहा था मगर वक़्त जलील होने का न था सभी को इधर-उधर कर वह जैसे-तैसे काका को देखने को आगे बढ़ा

*"यार पहले काकी को चुप करवाओ"*

वह कहना चाहता था मगर चाह कर भी कह न पाया, काका की ओर जब आँख पड़ी तो काका की दशा उसके भी पाँव डगमगा गई। नैनों से आसुओं की धार सी बहने लगी।

काका सड़क के एक किनारे दिवाल पर कमर अड़ाये, पाँत पसारे बैठे थे बिलकुल वैसे जैसे गाँव की बुढ़ियाएं पाँव पसारे धूप में बैठा करती हैं खैर यहाँ तो किसी का सूरज ही सदा को ढल चुका था। तो इसकी तुलना क्या ही उनसे करनी। आंखे भी काका की खुली ही थी और मानों वह उन खुली आँखों से उसे देख रहे थे और जलील भी हो रहे थे कि कुछ दिन पहले ही तो मैंने इसकी निगाहों में अपनी इस सड़क की बहुत ही अच्छी तस्वीर बनायी थी और मेरा ही मंदिर बनाने की नोबत पर ही में आज पड़ा हूँ यह बात

उन्हें जलील भी क्यों न करती खैर ऐसा तो उसे व्यर्थ ही मालूम हो रहा था क्योंकि इतना तो उसको भी समझ लेना चाहिये था कि जब देह में प्राण ही नहीं तो उस खाली खोल को फाड़ दिया जाए या जला दिया जाय उसके साथ जो भी किया जाय उसे उससे कुछ फर्क न पड़ने वाला था फर्क पड़ने वाला था भी तो सिर्फ उसी को क्योंकि वह प्राणसहित खोल था प्राणरहित नहीं और हमारा यह खोल जब तक प्राणसहित है तब तक ही हम सुख, दुख, दर्द, घृणा और भी बहुत कुछ महसूस कर सकते हैं।

और ऊपर से आज गणित का एक्जाम भी तो है यह भी उसके जहन में चल रहा था इस वक़्त तो वह अजीब सी ही दुविधा में फंसा पड़ा था और न ही वह एक्जाम को छोड़ सकता था और न ही काका को। मन में एक्जाम छोड़ने की सूझी मगर घरवालों को भी जानकारी थी एक एक्जाम के चक्कर में एक साल पूरा जाएगा सवाल भी तो बच्चे के भविष्य का था घरवालों की एक ही सलाह उसको मिली

**"जाने वाला तो चला गया तुम क्यों ऐसा कर रहे हो, जाओ एक्जाम दो तुम्हारे एक्जाम न देने से वह वापस तो न आ जायेगा इसलिए स्कूल जाओ और अच्छे से एक्जाम दो"**

काका की गाड़ी की ओर वह जब मुड़ा तो गाड़ी भी उसी दशा में लगी पड़ी थी जिस दशा में अक्सर काका खड़ी किया करते थे और कल तो काका ने आखिरी दफ़े खड़ी की थी काका ने ही गाड़ी खड़ी करी या किसी और ने, इस तरह के विचार भी उसके मन में फुदक रहे थे मगर जब गाड़ी के पहिये तले उसने अपना लाया वह पत्थर देखा तो वह भी समझ गया कि काका ने ही गाड़ी खड़ी करी है उसी पत्थर को काका अकसर गाड़ी के पिछले पहियों तले अटका दिया करते थे मगर आज उस पत्थर ने उसकी पुरानी स्मृतियों के कपाट खोल दिये थे।

चार दिन भी न गुजरे थे उसके काका उसे और उसकी मंडली को घुमा लाये थे ढोंडा, चोंरिया सोंदा की सैर करवा लाए थे, गाड़ी की तेज गति को देख उसने काका को तभी कहा था

**"काका धीरे चलाओ सड़क तो देख ही रहो हो ना आप वैसे भी मुझे भगवान से इतना भी प्यार न है"**

मगर वह क्या जानता था कि खुदा को भी काका की जरूरत है और मात्र उसके बोलने की देरी थी। साला मनुष वह न जाने क्यों खुद को कोश रहा था।

काका ने गाड़ी की गति को थोड़ा धीमा करते उससे कहा था

***"बेटा यह सड़क अपनी है और मुझे इस पर कुछ हो ही नहीं सकता मगर अब क्या हो गया काका क्यों बेजान पड़े हो"***

यह वह पूछना चाहता था मगर यह पूछे भी तो किससे यह सड़क तो वैसे भी बताने वाली है न और काका की तो क्या ही कहे काका की जगह कोई दूसरा भी होता तो वह भी न कहने वाला होता चाहे उस जगह वह खुद क्यों न होता खैर यह तो गनीमत है कि वह खुद न था।

गाँव के प्रधान, पंच, सरपंच सभी वहाँ पहुंच चुके थे अब इंतजार था तो उसके परिवार के कुछ जनों का जिनको कि देश की राजधानी से आना था।

***"पहाड़ों के परिवारों का एक ही दुर्भाग्य है कि उनका पुरुष उनके पास न रहता है। रोजगार की तलाश में पहाड़ों से दूरी ही उसकी मजबूरी बन जाती है पहाड़ों से वह दूरी पूर्णरूप से उसकी अनचाही ही होती है और पहाड़ का एक ही रोना है उसका पानी और उसकी जवानी बस उसी के काम न आती"।***

काका की बेजान पड़ी देह को सड़क पर और रखना भी उचित तो न था और वह भी उन परिवार जनों के पीछे जिनको कि देश की राजधानी से आने में एक दिन से कम तो न लगना था।

सभी के कल्पना लोक में शंकाओं के गुब्बार उठे जाते थे सभी की आँखों से काका को मोतियाँ अर्पित की जा रही थी। और करते भी क्यों न उनका पसंददीदा वाहन चालक भी तो अब उनके बीच न था फिलहाल था भी तो उनका मृत शरीर।

कुछ के मन में विचार आता कि हमें देह की औटोप्सी रिपोर्ट को अस्पताल जाना चाहिए तो कुछ के लिए मृत देह से छेड़छाड़ करना भी पाप सा था और उनके पास विचार विमर्स का जरा भी वक़्त न था वह बेजान पड़ी देह न जाने कब से सड़क पर पड़ी थी उन्हें शीघ्र ही निर्णय लेना था क्या करना है? कर तो वैसे भी क्या लेते वो मगर निर्णय लिया गया कि पहले तो बेजान पड़ी इस देह को घर ले जाया जाय फिर देखते हैं क्या करना है।

दिल्ली वालों का इंतजार करना है या शव को दाह के लिये घाट ले जाना है अब यह तय दिल्ली वालों को ही करना था उनका आदेश ही अंतिम था।

संचार की उत्तम सुविधाओं ने तो काम और भी आसान कर दिया था उसके बड़े ताऊ ने जब दिल्ली वालों को फोन किया तो घटना का स्पष्ट विवरण न दिया था बस जल्दी आ जाने को कह दिया था।

हड़बड़ाहट तो उनके संग मची जरूर होगी न मचने का तो मतलब ही न बनता आखिर कोई कैसे ऐसे संकेतों के बाद चैन से बैठ सकता है उसके परिवार के जने तो बिलकुल भी नहीं।

अब स्पष्ट बताने के सिवाय उसके बड़े ताऊ के पास कोई चारा न था जो भी था उसके बड़े ताऊ ने साफ-साफ बता दिया अब आप बताओ आपका इंतजार करना है या मृत देह का दाह संस्कार करना है

दिल्ली वालों के पास भी तर्क वितर्क का जरा भी समय न था

***"जो आपको ठीक लगे कीजिये"***

यह कहने के सिवाय उनके पास कोई दूसरा विकल्प था ही नहीं वह भी जानते थे कि गाँव में थोड़े न एक दिन तक शव को रख लेंगे वो भी जब उनके दोनों पुत्र उनके ही पास हो।

सूरज की उगती किरणों का पहाड़ों से टकरा कर धीरे-धीरे गाँव के बीच आना भी शायद उनके लिए शुभ संकेत तो नहीं था सूरज जो आसमान चढ़ते जा रहा था बीच आसमान तो न चढ़ा था मगर इतना चढ़ चुका था जीतने में कोई भी ग्रामवासी घर पर नजर आना पसंद नहीं करता था।

काका के शव को सड़क से घर पर ले आये थे उनके घर पर पूरे गाँव का जमावड़ा लग चुका था उसकी बुआ जो कि ढंग से चल भी न पाते थे वह भी जैसे न तैसे वहाँ पहुंच चुकी थी।

लोगों की किलकारियाँ गूँजती तो उस पुराने से घर की दीवारों में भी छाले हो उठते थे लाल मिट्टी की पपड़ियाँ (परतें)भी दीवारों से फिसलने लग जाती थी उनके घर की वह मधुमक्कियाँ भी जो काका को बहुत प्यारी थी उस शोर-गुल से दूर जाने पर तुली थी।

बच्चे भी काका के कुछ बड़े न थे एक पंद्रह तो एक दश पार भी न था बड़े बेटे ने तो नाना को ही जाना था नाना के घर ही रहता आया था यह घर तो उनको ऐसा लगता मानों उनका है ही नहीं कभी अगर आना भी हुआ तो एक दिन से अधिक शायद ही

कभी गुजारा हो। काका अक्सर उसे कभी-कबार मिल आये करते मगर काकी से तो महीनों मिलन भी न होता था काकी ने उसे जन्म ही दिया लालन-पालन उसका नाना-नानी ने ही किया था।

ओर छोटा जो काका के साथ रहता पूरे गाँव में ढिंडोरा पीटता कि

### *"मेरे पापा की गाड़ी है, मेरे पापा की गाड़ी है"*

अपनी मित्रमंडली में उसका अलग ही रुतबा होता था और उसे इस बात का घमंड हर पल रहता था जिसके कॉलर हर पल खड़े ही रहते आखिर रहे भी क्यों न गाड़ी का मालिक जो था मंदबुद्धि का तो न मगर चंचलता अपने चरमबिंदु पर थी।

नासमझ था नादान अगर थोड़ा भी समझ होती तो क्या काका की यह दशा होती खैर वह तो उम्र का मारा था इस उम्र में भूख पर खाना याद आता और भूख न हो तो खेलों में ही मन लगा रहता और कुछ सूझता ही किसे है।

काका की चंद आदतें भी कई न कई इस घटना की वजह थी देर रात को घर आना तो रोज का ही था मदीरा का सेवन भी कम न था मदीरायुक्त जब होते तो उनसे बुरा कोई नजर भी न आता था और मदीरारहित जब होते तो उनसा भल मानस भी पूरे गाँव में कोई न था कोई मुँह पर थूक ले तो चूँ भी न करते थे हर दफ़े अपनी ही गलती समझ बेठते थे हर छोटे बड़े को उनसे एक ही सम्मान एक ही तरह का मान मिलता था। आखिर उनका व्यवहार ही तो उनका असली धन था और जिस धंधे में वह थे उसमें तो उसकी कुछ ज्यादा ही आवश्यकता थी मतलब व्यवहार की।

काका के संग उसकी तो अनगिनत स्मृतियाँ जुड़ी थी जिनमें से चंद यादें तो ऐसी थी जिन्होनें उसके जहन में काका की अमिट छवी बनाई थी पूरे क्षेत्र में काका सी गाड़ी कोई शायद ही चला पाता हो ऐसा उसका कहना नहीं क्षेत्रवासियों का कहना था उनके गाड़ी चालक बनने का भी बड़ा मजेदार सफर था। उनकी गाड़ी चालक बनने की कहानी भी उसे मूंहजुबानी थी।

पहाड़ों की रानी मसूरी की हसीन वादियों में उनमें गाड़ी चालक बनने का जो सपना पनप आया था काका बताते की पंडित जी से बहुत मिन्नते करी तब कहीं पंडित जी मुझे गाड़ी सिखाने को तैयार हुये थे।

घरवालों ने भी कम जतन न करे जब में गाड़ी चलाना सीख रहा था तो में पंडित जी के लिए घर से कभी मसाले ले जाया करता तो कभी घी के डिब्बे ले जाया करता था पंडित

जी ने भी हमारे घर का घी, मशाला खूब दबाया, तब कई में एक अच्छा वाहन चालक बन पाया। वैसे तो पंडित जी बहुत अच्छे थे मगर उस समय पंडित जी की चपेटे भी खूब सहन करी थी मैंने एक काद दिन भी गायब होता तो ढंग से पेल दिया करते थे खैर जो था अच्छा था। बड़ा ही मजेदार था।

मसूरी में गाड़ी सीखने के बाद में देश की राजधानी की ओर चला वहाँ भी काफी लंबा समय बिताया वहाँ की सड़कों पर भी काफी दोड़-भाग किया और फिर पूरे गाँव में गाड़ी लाने वाला पहला बन गया।

पंडित जी के बारे में तो ज्यादा कुछ न बताया काका ने मगर इतना जरूर बताया की जब भी में उनको गाड़ी चलाते देखता तो उनके जैसा ही गाड़ी चलाना है यही सोचता था सड़क कैसी भी हो उससे कुछ फर्क न पड़ता था और पंडित जी यह भी कहते थे

*"हुनर तो हाथों में होता है साधनों में थोड़े होता साधन जो भी हो उससे फर्क नहीं पड़ता क्योंकि उसे चलाना तो हमें अपने हुनर से ही है"।*

देह से तो बिलकुल दुबले, पतले थे लगता तो मुझे भी कई दफ़े ऐसा था कि कई गाड़ी की हवा से ही न उड़ जायें, मगर मुझे तो यह सरासर गलत लगता था एक दो, बार में पंडित जी के घर भी गया था वहाँ मेरी आदरी-खादरी(आदर सत्कार) का भी कोई जबाब न था मन तो मेरा भी वहां लगता मगर कैसे रहता पंडित जी कोन सा अपना बोरिया-बिस्तर बांधे घर आते थे एक दो दिन भी रह लेते तो गनीमत ही समझ लेता में तो मगर ऐसा होता ही कहां था।

वैसे तो मेरी न जाने पंडित जी से कितनी ही ऐसी स्मृतियाँ जुड़ी हैं जिनका बखान करने लगा तो दिन रात एक हो जाये पर बखान खत्म न होगा तो किसी और दिन बैठेंगे फुर्सत से अभी मुझे जाना भी है न तो कभी काका वापस और न ही वह दिन आया जो पंडित जी का बखान करे। पंडित जी का नाम कुछ अता-पता तो वह भी न जान पाया काका ने बताया ही नहीं अपने बाबा से पूछना चाहता था मगर सोचता जब काका ही न रहे तो बाबा से पूछने का भला क्या फायदा और वैसे बात यहाँ फायदे व नुकसान की तो बिलकुल भी नहीं है बात है तो किसी की स्मृतियों की किसी की भावनाओं की।

एक दिन जब सूरज ढल चुका था तिमिर अपने पंखों को समेट रहा था चूलों में आग पड़ रही थी सभी ने अपने-अपने काम धंधों से छुट्टी ही ली थी कि उसके काका मदीरा में सारे होश खो बैठे थे उनके बसेरे तक आ पहुंचे वैसा पहले तो कभी न हुआ कि उसने

काका को इस दशा में देखा होगा मगर देखा तो काका के प्रति थोड़ा सा नकारात्मक विचारों का भी उदय हुआ किन्तु कुछ पल के लिये ही हुआ था।

ताई के घर से हाथों में चावल के दाने ले आये ओर पूरे घर का गोल घेरे में चक्कर काटने लगे कहते थे कि-

**"इस घर को बुरी नजरों से बचाने के लिए में ऐसा कर रहा हूँ"**

और वैसे भी काका आखिर देवभूमि के लाल थे तो उनका ऐसा कहना भी जायस था जहां आज भी बुखार या शरीर में कमजोरी आये तो डाक्टर के पास जाने से पहले लोग अपना वही पुराना उपचार देवी देवताओं के उपासकों के पास ही जाते हैं यह शिक्षा का अभाव नहीं बल्कि उनलोगों की आस्था है जो की सच्ची भी है।

वसते घर के सभी जने जानते थे कि ऐसा कुछ है ही नहीं एक दिन का होता तो समझ आता मगर जब भी वह मदीरायुक्त होते तब तो उनका यह ड्रामा हर रोज का था शायद तभी उसके घर के अन्य जने काका की बातों पर कान भी न फेर रहे थे।

जब काफी देर तक यह कार्यक्रम चला जब कोई उन पर ध्यान न देता तो वह झल्लाये हुये सबको न जाने क्या-क्या बकना शुरू कर दिये थे तब कई उनसे तंग आ उसने और उसके अग्रज ने काका को उनके घर तक छोड़ आने की ठानी और डर भी उनके जहन में था कई काका रास्ते में हमारी ही कुटाई न कर दें उस दिन की काका की वह बाते आज भी उसके जहन में ज्यों की त्यों बनी है काका ने जो कहा वह हंसी, मज़ाक में कहा या उन्होने उन्हें अपनी इच्छा बताई थी या वह सब नशे की हालत में कहा यह तो वह भी न जानता है मगर उनकी वह इच्छा तो शायद वह पूर्ण कर ही लेगा छोटी सी ही तो इच्छा बताई थी।

नशे में चूर उस दिन काका ने उसके अग्रज से एक वादा किया था कि-

**"बेटा तुम्हारी शादी में। मैं धन की सबसे बड़ी माला तुम्हें उपहार स्वरूप दूंगा"**

अग्रज ने यह बाते सुनी तो होगी मगर ध्यान न दिया खेर उनका शायद यहाँ कोई प्रयोजन भी नहीं है मगर जब वह काका की उस चाह को जान ही चुका था तो पूरी करने की क्यों न सोचता।

ऐसी और भी न जाने कितनी ही ऐसी स्मृतिया काका की उसके संग थी एक-एक करके शब्दों में बयां भी करे तो कैसे उनका तो पूरा आडम्बर सा ही लग जाएगा और एक पूरी

किताब काका की स्मृतियाँ बन उभर आएगी खैर इन सब बातों का अब किसी पर फर्क भी कहां पड़ता तो इन्हें आँखों से ओझल रखना ही वह उचित भी समझता है।

स्मृतियों के समंदर से बाहर आते-आते सांझ हो चली थी पंछियाँ भी दाना पानी ले घोंसलों को आ रही थी चारों ओर तिमिर छाया हुआ था गाँव भी जल्दी ही सो पड़ा था आज एक चिता जो जली थी दिन कब, कैसे कटा उसको भी न भनक लगी थी एक ओर जहाँ वह काका की शव यात्रा में शामिल न हो पाने के खेद में था वहीं आज उसकी दूसरी बला भी टली थी जो कि गणित की परीक्षा को देना ही था।

काका को समर्पित वह दीपक जिसको तेरवी से पहले घड़ी भर भी न बुझना था उस दीपक की वह ज्योति और उस तले काका की एक छोटी सी तस्वीर जो खूब चमक रही थी शायद दीपक के प्रकाश से जिस घर का दीपक ही बुझ गया हो भला उसके लिए समर्पित दीपक के प्रकाश की भला क्या औकात होती कि उस बुझे दीपक की कमी को पूर्ण कर सके।

एक ओर उसका अनुज पराली के बिछोने पर बैठा गुमशुम सा था तो दूसरी ओर उसकी काकी एक कोने पर बेसुद पड़ी थी और वह और उसके परिवार के अन्य जनों ने उनको संभालने का जिम्मा ले रखा था जो कि कुछ दिन और भी चलने वाला था।

दिन ढलते गये काका ने बैंक से जो कर्जा लिया था वह उनकी गाड़ी बेचकर अदा किया गया काका के परिवार का जीवन जो कि पटरी से उतर गया था उसको पटरी पर लाने की कोशिश में परिवार के अन्य जने जुट गये थे।

हिम्मत का पुल उन्हें ही बांधना था औरों का बस चले तो वह उस पुल को भी तोड़ दे बस फिल्मों में ही सुनने को अच्छा लगता है टूटे को क्या तोड़ना मगर असल जीवनपथ पर लोग ऐसा ही करते हैं।

काका की इन दुखद स्मृतियों का तो अंत सायद ही हो मगर काका की चंद स्मृतियों का यही अंत है।

# 05

# फाँस

एक काद बर्ष भी न हुए थे रीता को यौवन में पसरे रमेश कह रहा था कि रीता अठरा (अठारह) की हो चली है उसके जन्मदिवस पर कुछ माह पूर्व हमने खूब जसन मनाया था पूरी और छोले हमने सबके लिए बनाए थे गोरों की रीत का भी हमने खूब पालन किया, एक बड़ा सा केक काटा, जिस पर एक गुलाबी रिबन की पत्ती पर सफ़ेद अक्षरों में रीता लिखा था कम से कम दो किलो का तो रहा ही होगा। पूरे गाँव में जितने भी रीता या हमारे परिवार के जान-पहचान के थे उनको जो उसके (मतलब रीता) जन्मदिवस पर घर में जो आमंत्रित किये थे।

रीता की उस दिन की वह गुलाबी ड्रेस बहुत ही प्यारी थी शायद पापा चावडी बाजार से लाये थे।

रंग-रूप की रीता अपसरा से कम तो न थी कद-कांठी की भी खूब ही थी स्वभाव से तो रीता गऊ थी पूरे गाँव में रीता सा मेहनती कोई नगर न आता था गाँव में ही नहीं अगल बगल के दो-चार गाँवों में भी रीता सा तो शायद ही कोई था गाँव में तो रीता की धाक थी बेटी हो तो रीता जैसी, सबका यही विचार था और इस बात की जलन भी कम न थी

तीन भाई-बहिनों में बीच की रीता थी उससे से तो मानों पूरा गाँव ही जलता था गाँव की तो खैर छोड़िए उसका सगा भाई रमेश भी कभी-कभी उससे इस बात पर झगड़ पड़ता कि तुझे घर में मुझसे ज्यादा प्यार क्यों मिलता है वसते वह जानता था कि उस सा निकम्बा तो शायद ही उस घर में कोई हो दो वर्ष दसवीं और दो बारवीं में ही उसके कटे बड़ी मुश्किल से स्कूल से छुटकारा पाया था उम्र में ही रीता से चार वर्ष ही बड़ा था कुछ दिन पहले ही उसका जन्मदिवस था मगर घर में कुछ खास जस्न न मनाया गया न तो केक काटा गया, न छोले पूरी बना, कुछ किया गया तो रमेश को बस खरी-खोटी सुना दी गई।

**"यह निकम्मा पड़े-पड़े खा रहा है बाईस का हो गया साँड, काम धंधा तो इससे कुछ होता नहीं बस बाप की रोटियाँ तोड़ रहा है"**

इस बात का उसे बहुत खेद हुआ और हफ्ते भर से भी ज्यादा उसे रुकसाये हुये हो गये थे

दुख उसे इस बात का नहीं था कि रीता की तरह उसका भी जन्मदिन न मनाया गया, दुखी तो वह इस बात से था कि उसके साथ ही ऐसा क्यों? जन्मदिवस का जसन न मनाते न सही कम से कम खरी-खोटी तो न सुनाते और हाँ वह छोटी जमुना भी तो है जो दिनभर घूमती फिरती है उसे तो कभी कुछ न कहते और मुझसे ही न जाने किस बात की चिड़ रहती है।

बस यही ना कि में कुछ काम धंधा नहीं करता जब करूँ तो इन्हें बताऊँ। अगर रीता पढ़ने-लिखने में अव्वल है तो क्या मैं भी तो खेल-कूद मे अव्वल हूँ पूरे गाँव में जाकर पूछे मुझसा खिलाड़ी कोई हो तो खेल ही छोड़ दूँ मगर इससे इन्हें क्या वह घर का सारा काम-धाम करती है ना तभी सबकी लाड़ली बनी फिरती है। इस तरह भावनाओं के जंजाल में रमेश का फसना जायस भी था।

जैसे-जैसे दिन ढलते जा रहे थे वैसे-वैसे रमेश भी जर्सी सांड बने जा रहा था अब तो थोड़ा कमाने-धमाने भी लगा था और उधर रीता भी यौवन की चपेट में पूरी तरह आ चुकी थी रंग-रूप तो पहले ही खिल चुका था अब की तो क्या ही कहे। एक दौर था जब काकी (रीता की अम्मा)रीता की नाक साफ करते-करते ही थख हार जाती थी मगर आज वैसा ना था और प्रेम पथ भी रीता से अछूता ना था होता भी कैसे यौवन की मार जो थी। उससे यूँ थोड़े बचा जा सकता था।

लड़का भी दिखने में तो अच्छा ही था बाबा को तो उसके स्वर्ग सिधारे कहीं वर्ष हो चुके थे अम्मा ने ही ध्याडी-मजदूरी कर उन्हें जैसे न तैसे पाला उसने भी कम परिश्रम न करा अब कमा भी अच्छा लेता वैसे अब वह भारतीय सेना का हिस्सा है और वह भी अपनी मेहनत के बल-बूते बना तो कैसे कह लेते कि स्वभाव का अच्छा न होगा।

ज्यों-ज्यों दिन काल चक्र में समाते त्यों-त्यों उस प्रेम पथ पर चल रहे प्रीत के पंछियों का प्रेम भी गहराता जा रहा था साथ जीने मरने की कसमें भी खाई जा रही थी शायद कहीं दफ़े खा भी चुके हों और उधर पंडित जी(रीता के बाबा) ने रमेश को कोई ठीक करने की ठानी। ठानी क्या उन्हें तो ठानना ही पड़ा था छबीस का जो हो चुका था वैसे

तो पंडित जी ने गाँव के गाँव खंगाल डाले मगर कोई रमेश को न बेठती तो किसी को रमेश की जन्मकुंडली न बैठती थी कोई रमेश में तो कोई कन्या की जन्मकुंडली में ही दोष बताये जा रहा था किन्तु पंडित जी ने तो ठानी थी तो मिलती क्यों न आखिर रमेश की किस्मत का ताला खुला या यूं कहूँ कि पंडित जी की मेहनत का फल रमेश को मिला जो उसे हूर के दर्शन हुये।

रमेश के तुरंत बाद ही रीता की भी शादी कर देंगे यह बात भी घर में चल रही थी चल क्या रही थी बल्कि एक, दो रिश्तों को तो रीता ठुकरा भी चुकी थी रीता के बाबा जी ने भी रीता के लिए गहने बनाने भी शुरू कर दिये थे और रीता की अम्मा ने तो रीता को राजकुमार सा पत्ती, अच्छा गुणवान, धनवान चुनने की ही ठानी थी। वैसे भी यह तो हर अम्मा का सपना होता है उसकी बिटिया रानी को राजकुमार सा पत्ती मिले मगर रीता को तो कोई न पूछता अपने-अपने सपनों का ख्याली पुलाव पकाते और खुदी ही डकार भी जाते थे।

रीता को क्या कोई पसंद है? क्या है कोई जिसे रीता ने अपने लिए चुना है? जिसके सपनों का अमृत घूट वह घटक लिया करती है जिसके संग जीने मरने की कसमें वह खाया करती है, क्या कोई है जिसके प्रेम के सानिध्य में रीता है? मगर इन सब बातों से फर्क ही किसे पड़ता था। था ही कोन जिसे लगता कि रीता जवान हो चुकी है उसके भी कुछ सपने होंगे उसके भी कुछ अरमान होंगे लेकिन सभी को तो बस यही लगता कि रीता बड़ी हो गई है देह भी खुल गई है उम्र भी भी शादी की हो ही चुकी है पढ़ाई-लिखाई भी गाँव के परिवेश के हिसाब से पूरी हो ही गई है और एक दो साल तो शहर में भी बिता आई है जो कुछ भी हम उसके लिए कर सकते थे वह सब तो हम कर ही चुके हैं।

अब वह किसी दूसरे की अमानत जो कि रीता थी उसे उन्हें सौंप देना चाहते थे।

**शिक्षा का स्तर समाज में जरूर बढ़ा मगर आज भी बहुत से लोग बेटियों को न जाने क्यों दूसरों की अमानत समझते हैं न जाने क्यों उन्हें क्यों पराया धन कह पुकारा जाता वैसे उन्हें यह समझ लेना चाहिए धन तो केवल विनिमय का एक साधन है एक वस्तु है और बेटियाँ न ही किसी दूसरे की अमानत होती हैं और न ही वह कोई पराया धन है उस पराये धन से बेटियों की तुलना उन्हें किसी वस्तु के समकक्ष खड़ा करना सा है और यह बिलकुल भी उचित नहीं है। हर जगह तो नहीं पर बहुत सी जगहों पर वही चलता आ रहा है जो ऊपर अंकित है।**

रीता सिलाई, कड़ाई, बुनाई में भी अच्छी है ही अगर लड़का शहरी हो तो रीता के लिए अच्छा रहेगा यह रीता की अम्मा का विचार था जो कि उन्हें बिलकुल सही भी लगता था गाँव के परिवेश में रीता की अम्मा ने जिस तरह जीवन यापन किया वह उसी लिहाज से सोच रही थी। गाँव में कठिन परिश्रम कर, किस तरह जीवन के इस पड़ाव तक पहुंची वह तो वही जानती है।

उसकी अम्मा न चाहती कि रीता भी सबेर चार बजे उठे, चूला-चोका करे, सानी-पानी करे, जंगल जाये घास, लकड़ियाँ लाये हड्डियों को गला देनी वाली धूप में गले, मूसलाधार बारिश में भीगे, दिन को थोड़ा दाना चुगने घर को आये और फिर खेतों को फुर हो जाये।

ऐसा तो कोई भी भी माँ-बाप न चाहे जो दुख, दर्द जो कष्ट उन्होनें सहे वह उनकी संताने भी सहे।

अगर रीता की अम्मा रीता के लिए शहरी लड़के का चुनाव कर रही थी तो इसमें गलत था ही क्या और इतना हक तो उनका बनता भी था कि वह अपनी कन्या के लिए वर का चुनाव करें चाहे वह शहरी ही क्यों न हो।

शहर की चहल-पहल को देख रीता की अम्मा को लगता कि शहर का जीवन ज्यादा कष्टदायक नहीं है सारे सुख, सारी सुविधाएं वहाँ आसानी से मिल जाती हैं किन्तु रीता की अम्मा शहर के दूसरे पहलू से पूरी तरह अनजान थी न वह जानती कि शहर में पानी को पैसे लगते, रहने को पैसे, खाने को टका, नहाने को टका और तो और शौचालय तक को पैसे लगते हैं वो कहते हैं न कि दूर के ढ़ोल बड़े सुहाने लगते है वही हाल कुछ रीता की अम्मा के भी थे।

गाँव की हरियाली में अम्मा को बरसों हो गया था शहर की गंदी गलियाँ, झुग्गी-झोपड़ियाँ, सड़कों पर भिखमंगों के रूप में मासूम बच्चों को देखती तो शायद ही कभी रीता को शहर विवाने का विचार मन में लाती खैर वह तो उनका विचार था मत था और यहाँ तक कि रीता भी उनके इस विचार से पूरी तरह परे थी।

और उधर रमेश के लगन के दिन भी रफ़्ता-रफ़्ता निकट आये जा रहे थे रमेश के विवाह को एक माह ही बचा था पूरे घर में चहल-पहल शुरू हो चुकी थी घर की रंगाई-पुताई का काम भी गाँव के बेरोजगार युवाओं को दिया गया और तो और रीता की अम्मा ने मवेसियों के लिये एक घर भी ठीक कर लिया था।

क्योंकि विवाह के वक़्त दूर-दूर से अथिति आयेंगे और घर में साफ सफाई न देख तो क्या कहेंगे इसी बात की चिंता में अम्मा ने ऐसा किया था वही नहीं उनकी गजह गाँव का कोई और भी होता तो वह वही करता जो रीता की अम्मा ने किया।

अथितियों के रहने के लिए कमरों का न्योता भी अड़ोस-पड़ोस के घरों को पहले ही पहुंचा दिया गया था।

ढलते दिनों का सिलसिला रीता की चिंता भी बढ़ाये जा रहा था कई दफ़े उसके भी मन में आता कि घरवालों को अपने रिश्ते के बारे में सब स्पष्ट बता दूँ कम से कम तब तो रिश्ते आने बंद हों मगर इतना ही साहस उसमें होता तो वह यह बहुत पहले ही कर चुकी होती। रीता को डरपोक या बुजदिल कहना तो बिलकुल भी उचित न होगा।

अपने स्कूल के मंच पर वह जिस तरह अपनी बातों को रखा करती वैसे तो शायद ही कोई रख पाता था किन्तु हमें यहाँ इससे कोई प्रयोजन नहीं है हमें तो उसके व्यावहारिक जीवन से प्रयोजन है।

रीता घर के संस्कारों की गठरी लांदे हुई थी। सम्मान करती थी सबका शायद तभी इन बातों को घरवालों से स्पष्ट बता देने का साहस न जुटा पा रही थी और वैसे भी जिन्होंने उसे पाल पौस इस लायक बनाया उन्हें कैसे कह दें कि आप मेरे लिए और रिश्ते न देखे मुझे कोई भी रिश्ता पसंद न आने वाला है कैसे कह देती कि मुझे किसी से प्रेम है और कहती न तो क्या करती।

एक न एक दिन तो उसे बताना ही पड़ेगा घरवालों को तो सपना तो होगा नहीं जो रीता के मन की बातें जान जायें। होते होंगे कुछ जो बच्चों के मन की सारी बातें जान जाते होंगे मगर रीता के घर में तो शायद ही ऐसा कोई था।

रमेश को गाँव आये दो दिन ही हुये थे। रीता को देखता तो उसे भी उसमें वह रीता न दिखी जो कभी हुआ करती थी।

गुमशुम सी वह न जाने किस सोच में डूबी रहती न वह चहरे का तेज था जो उसे कुछ सालों पहले दिखा करता था चेहरा लाल तमतमाया हुआ था मिजाज भी खस्ता थे शायद रीता ने हिम्मत जुटा मन की दबी को निकाल दिया था मन में भी कब तक रखती शायद यही बात हुई हो शायद नहीं पक्का यही बात हुई थी रीता ने अपने रिश्ते को लेकर घर में बबाल जो किया था।

माँ-बिटिया में तना तनी तो क्या ही हुई होगी रीता समझदार थी सब समझती थी मगर कहते हैं प्रेम हमें अंधा बना कर ही नहीं छोड़ता बल्कि पूर्णरूप से अपाहिज भी बना देता है शायद हो सकता है रीता की अपंगता को देख अम्मा भी आपा खो बैठी हो। और जब यह बात रमेश को पता लगी तो काफी देर हो चुकी थी। रीता को वह खो चुके थे।

उस दिन रीता और रीता की अम्मा के बीच काफी बहस हुई रीता कहती

*"अम्मा मैं जाऊँगी तो उसी को नहीं तो किसी को न जाऊँगी"*

पहले तो अम्मा अचम्बे में पड़ी रही और सोचती

*"क्या यही मेरी वही रीता है जिसने मुझे आज तक तू तक न कहा और आज किसी अंजान के लिए मुझसे टेड़े मूंह बात करती है"।*

वैसे रीता के लिए तो वह अंजान न था अम्मा खुद को समझाती, बड़बड़ाती तू, मैं में बाते होती अम्मा तो एक, दो चपेटे तक रीता को दे मारती मगर रीता कहां सुनने वाली थी प्रेम के मायावी जाल में फंसी थी ऐसे ही थोड़े छूट जाती।

बाल हट के आगे अम्मा की क्या चलती अम्मा थोड़ा सांत हुई पूछा रीता से लड़का कोन, कहाँ, क्या करता है? परिवार कैसा है? तुम कब से उसे जानती हो? तुमने आजतक हमें क्यों नही बताया? ऐसे ही न जाने कितने सवाल अम्मा ने रीता को ताने थे। और यह सवाल मात्र रीता की अम्मा के ही नहीं हर अम्मा के होते हैं।

अब जब रीता साहस के तालाब में कूद ही चुकी थी तो इन पिद्दे से सवालों से क्या डरती, अम्मा के हर सवाल का जबाब रीता पूरी तन्मयता के साथ दे रही थी।

*"लड़के का नाम रोहन है। रामपुर के पल्ली गाँव से है। परिवार तो उसका अच्छा ही है। घर में एक छोटा भाई है एक बहन और अम्मा हैं। बाबा को तो उनके स्वर्ग सिधारे कई वर्ष हों गये हैं उनकी अम्मा ने ही ध्याडी- मजदूरी कर उनका लालन-पालन किया है दो, तीन वर्ष से ही मैं उसे जानती हूँ लड़का बहुत अच्छा है मुझे भी पसंद है और इतना विश्वास भी है कि वह मुझे खुश रखेगा और हाँ अम्मा लड़का फौज में है पिछले साल ही भर्ती हुआ है"। रीता ने कहा*

अम्मा के लिए यह काफी नहीं था जांच पड़ताल तो फिर भी होनी ही थी उस दिन की बहस तो समाप्त हुई मगर अम्मा की जांच पड़ताल चलती रही। और वैसे भी बात सिर्फ

रीता की नहीं थी अम्मा के जीय का वह टुकड़ा जिसको अम्मा को उस घर देना था जिस घर को रीता ने ठानी थी तो अम्मा का जांच-पड़ताल करना तो बनता भी था।

रमेश के गाँव आने से दो दिन पहले हुई बहस से ही रीता गुमशुम सी थी। बात-बात पर चिड़ती। आक्रोश से लदी छोटा-बड़ा का फर्क भी भूल जाती। अपने में ही खोई रहती जब रमेश कुछ कहता तो वह न जाने क्यों मूंह बना लेती। रमेश भी जान चुका था यह वह रीता तो नहीं हो सकती जो कभी उसके जलन की वजह हुआ करती थी जो कभी रिश्ते में उसकी बहन हुआ करती थी आज भी है मगर न जाने उसे ऐसा क्यों लग रहा था कि यह कोई और ही है मैं तो अपनी बहन रीता को जानता था और मेरी बहन रीता न तो कभी किसी से चिड़ती न ही कभी किसी से तू-तू मैं-मैं करती न ही कभी उसकी नाक पर गुस्सा रहता और तो और वह तो मुझे कभी पलट कर उल्टा जबाब भी न देती जब नादान थी तब न देती थी तो आज क्या उल्टा जबाब देती शायद उसके इस तरह के व्यवहार से रमेश भी चिंतित था।

अम्मा की जांच पड़ताल में रीता खुश रह सके ऐसा कुछ नगर न आया। अपने इस महल की तुलना वह भला उस झोपड़ी से कैसे करते अहंकार भी तो कुछ होता है और महिलाओं में न हो ऐसा तो हो ही नहीं सकता।

पुराना सा वह घर मिट्टी से पुती दीवारें उसकी अम्मा के आँखों में बार-बार खटक रही थी और जब भी वह उस घर की ओर देखती तो अपने मिट्टी पलेत होते सपनों का रोना रोती और सोचते कैसे अपने आँगन का पुष्प वहाँ दूँ क्या उन पत्थरों में मेरे आँगन का पुष्प खिल उठ सकेगा मेरे आँगन का पुष्प वहाँ खिले यह तो में कतया भी न होने दूँ चाहे कुछ भी हो रीता का विवाह उस घर तो न होने दूँ और यह सब अम्मा ने रीता को भी स्पष्ट बता दिया था।

जिद्द दोनों ने पकड़ी तो और परिणाम का तो प्रिय पाठकों को भी अंदाजा हो ही गया होगा यह तो सभी जानते हैं जब प्लस-प्लस जुड़े तो धमाका ही होता है और उसी दिन से रीता और अम्मा की तनी-बनी रहती थी रीता भी दिन-ब-दिन सिकुड़ती जा रही थी तो अम्मा का स्वभाव भी चिड़चिड़ा होता जा रहा था जहां माँ-बेटी की जंग चल रही थी वहीं हर्ष का माहोल भी था तो वह कैसे उसमें एक साथ न होते दोनों ने अपना विवाद अलग किया और शादी की तैयारियों में जुट गये।

वह शुभ दिन भी आया रमेश घोड़ी चड़ा। रमेश के विवाह में सभी ने अपना-अपना कार्य सकुशल पूर्ण किया गाँव में धूम-धाम मची शादी की दावतें तीन, चार दिन से

कम न चली गाँव के सारे जवानों व बुड्ढों को शराब पिलाई गई मांस, मच्छी खिलाया गया। शराब तो वैसे भी शादी-विवाहों में एक चलन सा बन गया है। गाँववालों को भोज खिलाया गया इसी धूम-धाम को तो रमेश और रमेश के बाबा जी ने वर्षों जी-तोड़ मेहनत की थी।

रमेश के विवाह का कार्य सकुशल निपटा। डोली में सज लक्ष्मी घर को आयी। घर में चहल-पहल बढ़ गई घर की रौनक पर तो जैसे चार चाँद ही लग गये। मगर लोग सच ही कहतें हैं कि चाँद जब तक चमक रहा है तब तक ही लोगों का प्रिय है जब उस पर लगे धब्बे दिखने लगें तो वह लोगों को अप्रिय सा लगने लगता है। वैसे उस चाँद पर तो कोई धब्बा न था किन्तु जब पवित्रता को अपवित्रता के साथ मिला दिया जाये तो ज्यादा-तर संभावना है कि उसको भी अपवित्रता की श्रेणी में ही रखा जाये। खैर इन बातों का यहाँ कोई प्रयोजन भी नहीं है।

विवाह के दश दिन बाद ही रमेश के बाबा जी भी अपने काम धंधे को शहर चले गये थे रमेश को भी एक माह होने जा रहा था कल ही उसके दफ्तर से एक पत्र उसके घर आ धमका था जिस पर स्पष्ट अंग्रेजी में लिखा था-

*"रमेश प्लीज कम सून वी गोट अ न्यू प्रोजेक्ट वी मस्ट नीड़ टु यू"*

अब तो रमेश को भी शहर जाना ही था बुलावा जो आया था। शहरों की पूर्ण तो नहीं पर बहुत हद तक निर्भरता गावों पर ही रहती है। यह कहा जाये तो इसमें कुछ अनुचित भी नहीं है।

अगले दिन ही रमेश शहर को चला रमेश की धरणी दो, चार दिन को मायके चली गई इधर न जाने क्यों माँ, बेटी की वह पुरानी जंग फिर से छिड़ गई इस बार तो कुछ ज्यादा ही हो गया रीता का गर्म खून भी खौल उठा, माँ पर तो क्या ही हाथ छोड़ती मगर खुद को उस आक्रोश से न बचा पाई। सीने में जिस ज्वालामुखी को सुलकाया था वह खुद ही उसको राख़ कर गया वैसे भी ज्वालामुखी को सुलकाया था राख़ तो होना ही था और जब उस ज्वालामुखी को शांत करने वाले उसे हवा देने लगे तो उसके नकारात्मक परिणाम होना स्वाभाविक भी था।

पानी तो अब सिर के ऊपर हो ही गया था उधर अम्मा की जिद्द न गली और इधर रीता भी न पीछे हटी और वह कर बेठी जो कि किसी को भी करना सोभा नहीं देता और रीता निडर, बहादुर, कर्मठ, मेहनती, साहसी को तो बिलकुल भी सोभा नहीं देता।

मानव जीवन मिलना ही सोभाग्य की बात है और इसका यूं इस तरह अपने ही हाथों से अंत करना इससे बड़ी कायरता ही क्या हो सकती है रीता कायर न थी मगर साहसी थी कायर होती तो फांसी के फंदे को कैसे चूम लेती। वैसे भी आत्महत्या करने का किसी को शौक तो होता नहीं है किसने कहा इसका तो पता नहीं मगर *"ढूंढो तो आत्महत्या करने वाले का भी कातिल मिल जाएगा"*

जीवन के इस पड़ाव पर जीवन संघर्ष को विराम देना तो नहीं बनता और रीता जैसी के लिए तो यह कतय भी उचित नहीं है।

रुखसी हुई रीता को अम्मा ने जंगल तो भेज दिया मगर वह यह क्या जानती थी कि यह इतनी कायर निकलेगी माफ कीजिए कायर नहीं साहसी। सोचा सहेलियों के साथ रहेगी तो मन भी हल्का रहेगा और जंगल से घास-पूस भी ले ही आएगी। सारा झगड़ा-फसाद भी भूल ही जाएगी घर में रही तो लड़ती ही रह जाएगी न जाने इस कलमुही को आजकल हो क्या गया है। अम्मा की चिन्ता भी जायस थी रीता को तो वह जानती ही थी मगर रीता के भीतर की दूसरी रीता को नहीं। हर इंसान के दो रूप होते हैं एक को तो बहुत लोग जान लेते हैं मगर दूसरे को जानना इतना भी आसान नहीं है उसे तो वह खुद भी नहीं जान पाता जिसका वह है।

यह नादान तो इतना भी न जानती कि माँ, बाप सा हितैषी इसका होगा ही कोन यही नहीं बल्कि सबका सबसे बड़ा हितैषी उनके माँ, बाप ही होते हैं मगर आजकल के बच्चे भी न ना जाने प्रेम का क्या रोग लगा है हम भी तो थे ही जो बिना हित अहित देखे जो जैसा, जहां, वहीं ही जीवन बसर कर लेते थे और खुश भी रहते थे।

दिन के दूसरे प्रहर से भी पहले को चली थी और दिन का सांयकाल भी गुजर गया किन्तु रीता जंगल से अभी तक न लौटी थी ज्यों काल काल को हजम करता जाता रीता की अम्मा की चिंता भी बढ़ती जा रही थी। इतनी देर को तो वह कभी न आयी थी आज कहां रह गई होगी।

गाँव में रीता की जितनी भी सहेलियाँ थी उन सभी के घर एक-एक कर रीता की अम्मा हो आती और उनसे बस एक ही सवाल करती

*"रीता न आई अभी तुम्हारे ही साथ तो गई थी"।*

सभी सहेलियों के पास बस एक ही जबाब था जो कि उसकी अम्मा को बिलकुल भी पसंद ना था और होता भी कैसे अम्मा के आँगन का तो पुष्प सा थी रीता और उनका जबाब कुछ यूं सा मिलता-

*"गई तो थी मगर हमें लगा घर में कुछ काम होगा तो जल्दी ही घर आ गई होगी, घर आते वक़्त हमने भी काफी दफ़े उसे आवाजें दी, जब वह कुछ ना बोली तो सोचा घर ही चली गई होगी नहीं तो वह हाँ ना बोलती क्या तो फिर हम भी सीधे ही घर आ गए"*

स्वेता से अम्मा की बातें चल ही रही थी कि शालिनी ना जाने क्या सोच बोल पड़ी- *रीता दी ना आई क्या अभी?*

*"अरे पागल वो आती तो में यहाँ क्यों आती"* अम्मा ने झल्लाते हुये कहा था

रीता की अम्मा को इस तरह के उत्तरों का मिलना न सूझ रहा था मन में भी नकारात्मक विचारों की हौड़ सी लगी पड़ी थी। कई कलमुंही इधर-उधर गिर-विर तो न गई।

*"चल रे स्वेता मेरे साथ तो चल जरा उसे देख आयें कहां रह गई रिंकी और शलिनी को भी बोल दे कहीं गिर ही गई होगी"* अम्मा ने दबे स्वरों में कहा

स्वेता, शालिनी, रिंकी और रीता की अम्मा जंगल की ओर चले जा रहे थे अम्मा के पाँव न जाने क्यों काँप रहे थे रिंकी ने देखा तो-

*"काकी पाँव क्यों काँप रहे तेरे कहा मगर काकी कहां सुन रही थी। काकी तो सुन थी"*

रिंकी ने काकी को फिर से हुचकाना चाहा लेकिन स्वेता ने उसे हाथों से इसारा करते हुए चुप रहने को कहा तो फिर रिंकी कुछ न कह पाई और वे चुपचाप जंगल की ओर ही चले जा रहे थे।

गाँव की उस चारफुटिया सीमेंट की पगडंडी पर चलते-चलते वह काफी दूर पहुंच चुके थे जब पूरी राह रीता न दिखी तो वह जंगल की ऊबड़-खाबड़ पगडंडी पर चलते जंगल जा पहुंचे और रीता को ढूंढने लगे मगर चार जने उतना बड़ा जंगल क्या खंगाल पाते वह तो अच्छा हुआ कि शालिनी भी उनके साथ सुबह जंगल आयी थी तो उसको पता था कि रीता जंगल के किस ओर गई है मगर अभी तक तो वह भी कुछ न बोली थी न जाने क्यों चूप्पी साधे थी।

पहले ही उन्हें बता देती कि रीता जंगल के इस ओर गई थी तो वह उसे उसी ओर खोजते, कम से कम सूरज तो न छिपता।

स्वेता को शालिनी जब देखी तो

*"दीदी क्या हुआ? घबरा क्यों रही हो और रो क्यों रही हो?*

स्वेता का मूंह तो न खुला मगर हाथों का इशारा जिस ओर था उस ओर देखना तो शालिनी को भी महंगा पड़ गया। पूरे शरीर में कंपन सी होने लगी एक दम धड़ाम से वह गिर पड़ी। यंहा स्वेता खुद ही सहमी हुयी थी और शालिनी कि दशा भी बिगड़ती ही जा रही थी स्वेता को अब खुद को न चाहकर भी संभालना पड़ रहा था और शालनी को भी।

काकी को वह बांज के एक बड़े से पेड़ पर फांसी के फंदे पर झूली रीता को वह कैसे दिखाये यह भी स्वेता को न सूझ रहा था काकी ने देखा तो काकी भी होश खो बैठेगी और वैसे ही हम गाँव से बहुत दूर हैं यंहा तो लेने के देने पड़ जाएंगे। पड़ना क्या था पड़ तो वैसे भी गये ही थे।

स्वेता ने मूंह पर उंगली रखते हुये हाथों से रींकी को अपने पास आने को इशारे किए रींकी जब पास आई तो स्वेता ने रींकी से कहा

*"रींकी तुम जल्दी से गाँव हो आओ और कुछ जनों को बुला ले आओ"*

मगर रींकी पूछती-

*क्यों?*

*"अरे पागल देख रही हो रात होती जा रही है। रात भर जंगल ही थोड़े रहेंगे घर भी तो जाना है खाना-वाना भी तो खाना है क्या पता कई रीता घर चली गई हो"।* कहनें को तो और भी बहुत कुछ था स्वेता के पास मगर वह इससे आगे कुछ कह ही न पाई।

स्वेता का इस तरह रींकी के क्यों का जवाब देने का स्पष्ट अर्थ यह था कि वह रींकी को भी रीता कि बात न बताना चाहती थी कंही यह भी कमजोर दिल कि निकली तो फिर काम हो ही जाएगा। यहां खुद संभला नी जाता तो फिर इसे कैसे संभाल पाऊँ? शायद तभी स्वेता ने रींकी को स्पष्ट न बताना चाहा।

रींकी दोड़े पाँव गाँव को चली और कुछ ही देर में गाँव से बहुत से जनें रीता की खोज में जंगल को आए आये क्या थे उनको तो रिंकी बुला ले आई थी मगर रीता को खोजना थोड़े था गाँव के जनों को तो रीता के गले का वह फांसी का फंदा काटना था और रीता की अम्मा को संभालना था। गाँव से आती टोलियां रीता के पास पहुँच चुकी थी दो, चारों की दशा शालिनी से भी पौर(खराब) थीं। थे कुछ साहसी जिन्होनें रीता के गले का फांसी

का फंदा काटा रीता की अम्मा को बताया कि रीता तो घर चली गयी है तुम भी घर चलो रात भी हो ही गई है मगर अम्मा कैसे विश्वास करती कि रीता घर चली गई है जो अभी तक न गई थी वह अब कैसे घर चली गई क्या यह बात अम्मा को न खलती खलती क्या खल भी रही थी।

*"सच बताओ रीता कहाँ है? क्या हुआ उसको? में उसे देखे बिना घर कैसे चली जाऊँ मैं तो न जाऊँगी पहले यह बताओ वह कहाँ है"?*

यही रट लगाई रीता की अम्मा घुटनों के बल थी शायद रीता को फांसी के फंदे पर झूली देखी थी और खोये होश की ही यह रट लगी हुयी थी की

*"रीता कहाँ है? अम्मा भी जान चुकी थी रीता कहाँ है"।*

जैसे न तैसे गाँव के जनों ने रीता कि अम्मा को संभाला चढ़ती रात में मोबाइल की बत्तियों, जुगनुओं की पीली रोशनी की वह चमक व एक काद बूढ़ों कि टार्चों कि रोशनी से आज वह राह जगमगा रही थी जिस राह पर कभी रीता भारी-भारी बोझा लिए चलती-फिरती थी। कुछ जनें रीता को कपड़े में लपेटकर घर ला रहे थे तो कुछ शालिनी और रींकी को सहारा देते घर को आ रहे थे स्वेता सहमी जरूर थी मगर बेशुद न थी होश में थी चल तो रही थी लेकिन ऐसा नहीं कहा जा सकता कि उसको साहरे की जरूरत न थी। जंगल की उस पथरीली पगडंडी पर रीता की भारी सी अम्मा को सहारा देना गाँव के कुछ जनों को एक चुनोती से कम तो न था वह भी तब जब अम्मा बेशुद पड़ी हो खैर इस दुखद घड़ी में तो यह कोई चुनोती तो न थी। दुख का जब इतना बड़ा पहाड़ उन पर टूट गिरा था तो इससे ज्यादा और हो भी क्या सकता था।

पूरे गाँव का जमावड़ा रीता के घर पहले ही जम चुका था और यह स्वाभाविक भी था सुख-दुख में शामिल होने की रीत बची है तो बस गावों में ही बची है।

रमेश और रमेश के बाबू जी जिनको एक माह भी शहर जाए न हुआ था उनको भी रीता की अम्मा बहुत बीमार हो गई जल्दी से घर चले आओ कहीं देर न हो जाए यह कहकर घर का बुलावा दिया गया एक रात तो उनको वैसे ही घर पहुँचने में लगना ही था और रात को रीता को दफना भी न सकते थे।

पूरा गाँव जवान, मेहनती, रंगवान, गुणवान रीता के यूं अचानक गुजर जाने और उसकी कायरता के शोक में डूबा था घर तो चूला वैसे भी न जलना था।

गाँव के कुछ जनों को रीता के घर ही उनिन्दा रहना था गाँव की दो चार औरतें और अड़ोस-पड़ोस के दो चार वृद्ध पुरुष भी रीता के घर रुके और शांत्वना का आडंबर सा लगाते रहे। रात भर रीता की अम्मा को सहलाती रहे। बिचारी की आंखे रो-रो कर लाल हो गयी थी मन तो उनका भी धरती में समा जाने को था मगर जाने वाला तो अकेले ही जाता है साथ रहने वाले साथ थोड़े आते हैं खुद को क्या सजा दे यह भी न सूझ रहा था मेरी जिद थी जो यह दिन भी देखना पड़ा झुख जाती तो यह दिन थोड़े देखना पड़ता।

*जब कभी सामने वाला तुम सा जिद्दी हो तो उसके सामने कुछ पल को रुकना और झुकना भी उचित ही रहता है नहीं तो कई दफ़े उनके गलत कदमों की वजह हम खुद बन जाते हैं और ताउम्र खुद को कोसते रह जाते हैं*

निर्मोही खुद तो चली गयी मुझे मृत रूह सी बना गयी कल वह आएंगे तो उनको क्या मुंह दिखाऊँ, पूछें रीता कहाँ है तो क्या जवाब दूँ, उनके सामने कैसे जाऊँ, ऐ भगवान क्या करूँ मैं भी क्यों नहीं मर जाती मैं क्यों जिंदा हूँ? ऐ कुल की देवी कल का सूरज मुझे भी न दिखाये और भी न जाने इस तरह के कितने शब्द रीता की अम्मा के जुबान से प्रवाहित हो रहे थे।

*उन के सामने कोन सा मूंह ले जाऊँ और रमेश को क्या कहूँ कि तेरी गुड़ियाँ को मैंने तुझसे छीन लिया है ले अब तो तू खुश है न, तुझे ही सारा प्यार मिलेगा।*

रात कटती जा रही थी अगले दिन की कल्पना मात्र से ही रीता कि अम्मा सहम सी जाती थी मगर रात को तो काली होना ही था और अगले दिन सूरज को तो आना ही था निशा डूबी और नया दिन सूरज कि नयी लालिमा को बिखेतरे आया सूरज आते-आते ही रीता के बाबा जी और अग्रज भी गाँव में दस्तक दे चुके थे। न जाने किस मनहूस कि जुबान फिसल गयी और रीता के बाबा जी से कहने लगे-

*"क्या करें बेटा सब किस्मत का खेल है सब ऊपर वाले कि लीला है कब किसे अपने पास बुला ले नहीं जान सकते हैं"*

इन बातों का क्या अर्थ यह तो रीता के बाबा भी न जान सके मगर सबका उनकी और करूण नेत्रों से देखना दया भाव दिखाना भी उनको न रास आ रहा था इतना तो वह भी समझ चुके थे कुछ न कुछ तो हुआ है मगर ऐसा हुआ यह जान पड़ते तो राह में ही दम तोड़ देते। पूरी राह झल्लाते हुये चल रहे थे मन में था कहीं सुषमा को कुछ हो तो नही गया, यह चली गयी तो मेरी तो रीढ ही चली जाएगी, किसके सहारे ज़िंदा रहूँगा

फिर ज़िंदा रहा भी तो बस मुर्दा बन के ही रहूँगा बुढ़ापा भी आ ही गया है तो फिर कोन उसके जैसे कौर खिलाएगा, किसके साथ पुरानी उन मीठी स्मृतियों का आनंद लूँ उसके सिवाय कोन मेरा बुढ़ापे का पागलपन झेल पाएगा मगर वह यह क्या जानते थे कि उनका तो दिल का टुकड़ा ही चला गया।

देह का अघात तो सहन कर लिया जाता मगर दिल पर जो अघात लगा वह तो ताउम्र (जीते जी) मार ही डालेगा।

रीता सा प्यारा तो उनको शायद ही कोई था जिसे वह कंधे पर बिठा सैर करा आते उसकी हर छोटी बड़ी ख्वाईस उसके मन में ही पढ़ लेते थे मगर आश्चर्य तो इस बात का था कि जवान बेटी के मनोभाव वह क्यों न पढ़ पाये थे, बाली (छोटी) वह रीता जिस पर एक छोटा सा खरोच भी आ जाती तो दुनिया ही पलट लेते वसते वह रीता वह न थी और बाबा भी तो अब उसके पास कहां रहते थे।

अब तो रीता ने भी दूरी बना ली थी और इसकदर बनाई जिसे मिटाया भी न जा सकता था।

घर सौ कदम भी न था घर में उमड़ी भीड़ को देख रीता के बाबा भी सहम पड़े, रमेश भी घबराया हुआ था और घर से आने वाली चंद आवाजें जिन में बार-बार रीता के नाम की पुकार थी उन किलकारियों में कुछ शब्दों की कटुता तो रीता की अम्मा पर भारी पड़ने वाली ही थी।

रीता के नाम की किलकारियाँ गाँव की महिलाओं के मुखारबिन्द से-

*"औ रीता तू क्यों चली गई, कैसी थी, तेरे जैसे था ही कोन, क्या हो गया रीता, कैसा हँसना था तेरा, अब हमको कोन हंसाएगा, कोन हमारे साथ जंगल जाएगा"।*

इन शब्दों ने तो रीता के बाबा जी के पूरे शरीर में कंपन ही पैदा कर दी कर क्या दी वह तो स्वाभाविक ही था उनके तो पैरों तले मानों जमीन ही खिसक गई और खिसकती भी क्यों न उनके आँगन का सबसे प्यारा रत्न जो उनसे छिन गया था। घर में पाँव रखे तो सुषमा को देखा वह तो बिलकुल ही बेसुद पड़ी, आँखें लाल ज्वाला की धार सी थी गाँव व अड़ोस-पड़ोस के बथेरे (बहुत से) सुषमा को शांत किये जा रहे थे मगर घर के दूसरे कमरे में महिलाओं का जमावड़ा और भी था और वह शोर-शराबा तो वैसा ही था। उनको देखते ही रीता की अम्मा भी रीता के बाबा जी से लिपट गई और रीता-रीता कह आंसुओं से अश्रुधारा बहने लगी।

रीता की अम्मा ने रीता के बाबा से इतना ही कहा कि-

## *"रीता अब इस दुनिया में न रही"*

तो रीता के बाबा भी आपा खो बैठे और रीता की अम्मा को ऐसा तमाचा दिया कि जो सायद ही पहले कभी पड़ा हो।

इतना साहस तो उनमें था न मगर आपे में न थे तो वह भी कर बैठे जिसकी वह कल्पना भी न कर सकते थे खैर इसमें भी उनका तो कोई दोष न था इससे बड़ी विपत्ति और हो ही क्या सकती थी जब एक पिता अपनी जवान बेटी को खो दे तो वह भला आपे में रहे भी कैसे। जिन्होनें न जाने क्या-क्या सपने सजाये और कोई उनको यूँ अचानक ऐसा झटका दे दें तो वह भला कैसे सहन कर पाते।

रमेश को भी न जाने क्या हो गया ऐसे गिर पड़ा मानों वह भी रीता सा ही सोना चाहता है हाथ पाँव छोड़ दिये थे और बेसुद हो गया होता भी क्यों न अब उसकी जलन भी तो समाप्त हो चुकी थी ऐसा तो वह कभी भी न चाहता वह ही नहीं ऐसा तो कोई भी सायद ही चाहता कि उसकी जलन इस तरह समाप्त हो।भाई-बहन का ही एक मात्र रिश्ता ऐसा होता जिसमें एक दूसरे के प्रति जलन की भावना होने पर भी उनके बीच का वह अपनापन, वह प्रेम, वह झगड़े-फसाद जिनकी शायद ही कोई खास वजह होती, होती भी तो कभी टीवी रिमोट तो कभी चिप्स के पेकेट तो कभी बर्तन माझने की शिकायतें तो कभी घर की सफाई करने से बड़ी न हो सकती खैर इन सब बातों से तो क्या ही होना है इनके भी किसी बाबा के उपदेशों की श्रेणी में रखे तो बेहतर ही है।

रीता की शादी बड़ी धूम-धाम से कराऊँगा यह भी उसके अरमान थे एक भाई के नाते रमेश भी चाहता था वह रीता को गोद में उठाकर डोली में बैठाए, उसका कन्यादान अपने हाथों से करे, एक-काद माह में अवसर मिलते ही रीता के ससुराल रीता को मिलने जाये किन्तु विधाता को यह हरगिज ना मंजूर था मंजूर था तो रमेश के हाथों ही रीता को दफनाना उसके उन अरमानों, उन सपनों पर पानी तो फिर ही चुका था।

वह नई नवेली दुल्हन जिसने भी रीता के संग न जाने क्या-क्या सपने देखे होंगे सपनें तो क्या मगर उसे भी तो ख्वाईस रही होगी रीता के विवाह की, रीता के संग गाँव घूमने की, रीता से गाँव के रीति-रिवाजों को जानने की, गाँव के भले-बुरों को पहचाननें की और भी बहुत कुछ किन्तु उसे क्या मालूम हाथ उसके हाथों की उन चमकदार चूड़ियों के टूटने वह उसके हाथों की उस मेंहदी का रंग फीका पड़ने से पहले ही उसे भी रीता का

रोना, रोना होगा इसकी तो तिनके भर कल्पना भी शायद ही कभी करी हो और करती भी क्यों और ऐसा करता भी कोन है।

खैर जो हो चला सो तो हो ही चला था उसका रोना रोने से तो क्या ही कुछ हो जाना था जो आज तक न हुआ हो यह तो बस एक रीत है जिसे सभी को निभाना है।

किसी तरह रीता के बाबा ने खुद को संभाला जमाने की रीत जो निभानी थी जिस बेटी का कन्यादान के सपने देखे थे उन्हें उसी के संग जो दफनाना था जिसके राजकुमार को देखने को जी चाहता था जिसकी डोली को कंधा देना था उसी की अर्थी को कंधा देना पड़ेगा इतना साहस वह भला कहां से जुटा पाते

किन्तु

### *दशा दिशा भी दे ही देती है और साहस भी।*

हाथ पाँव छोड़े रीता की अम्मा कल से ही थी बेचारी ने पानी का एक घूट तक भी न घटका था तो भोजन का कौर तो कहां से निगलती फिर।

दबे पाँव रीता के बाबा जी रीता की अम्मा के पास आये और चुपके से कहा-

*"सुषमा रीता के लिए जो गहने बनाये हैं उनको दो तो यार जब रीता ही न रही तो हम उन गहनों को रखकर क्या करेंगे, उन्हें उसे ही दे देते हैं जब वही न पहन सकी तो औरों का उन पर तो कोई हक भी न है"*

रीता की अम्मा ने वह गहने रीता के बाबा जी को दे दिये और रीता को गाँव से बाहर उन गहनों के संग दफनाया गया।

और

इस तरह एक ऐसी ज्योति का अंत हुआ जिसको कि नहीं होना चाहिए था रीता अमर तो क्या ही होती मगर बहुतों के आँखों को चंगा कर गई किसी के लिए सबक तो किसी की नजरों में बुजदिल और कायर बनकर रह गई किसी को जलील तो किसी का आजीवन अपाहिज ही कर गई किसी की आँखें तो सुझा गई तो किसी की रातों की नींद ही छीन ले गई मगर सच तो यह भी है उसके पीछे भी वही सब है जो उसके जीते जी भी था और वह बदल गई या यह यह धरती माँ उसे अपनी गोद में शरण दे गई जो भी हो किन्तु हर तरह से रीता ही गई और कहाँ गई यह तो सभी जानते हैं।

# *रीता*

तेरे लिए बनाए गहने,
तेरे बाबा ने तेरे संग ही दफनाये हैं।
तू तो चली गई
मगर वह आज तक,
रोते हैं।
कोई रात उनकी ऐसी न गुजरी,
जब वह तुझे याद किये बिन,
सोते हैं

अम्मा भी तेरी गुमशुम सी रहती है।
तेरा कातिल खुद में,
खुद को ही कहती है।
डूबी है गम के समंदर में,
देख तस्वीर तेरी नैनों से,
लहू बहाती है।
कटु उन स्मृतियों के जहन में आते ही
खुद को जलील पाती है

भाई को तो तू जानती ही है
उसकी गोद में खेली-कूदी
उसकी तो तू रूह भी पहचानती है
सपनों का जो जंजाल बुना था
तेरे लिये जो उसने चुना था
मिला ही हूँ कुछ दिन पहले उससे
आज वह आँगन सूना था
खुद ही खुद के सपनों को
उसने तेरे लिये आग में भूना था।

# पाठकों के लिए संदेश

यह कहानी सिर्फ रीता की नहीं है यह कहानी समाज के सम्पूर्ण युवा वर्ग को समर्पित है और इस कहानी का मकसद समाज के उस वर्ग जो जागरूक करना है जो मानसिक तनाव के चलते गलत कदम उठा लेते हैं।

मानसिक तनाव की वजह कुछ भी हो सकती है।

जिस तरह रीता को उसका मनचाहा प्रेम न मिला तो वह खुदखुशी कर बैठी उसी तरह लाखों उदाहरण इस समाज में मिल जाएंगे।

किसी को परीक्षा में अच्छे अंक न मिले तो वह न जाने क्यों संसार से मुक्त होने की ठान लेते हैं लेकिन वह यह भूल जाते हैं कि उनके जाने से किसी को तिनका भर भी फर्क पड़ने वाला नहीं है परिवार में भी एक-काद माह शोक का माहोल रहेगा और उसके बाद घर में दीवार के किसी कोने पर आपकी एक तस्वीर टांग दी जाएगी बस कभी-कबार उस पर से धूल मिट्टी हटा दी जाएगी उसको साफ कर दिया जाएगा।

हो सकता है आपके घर के कुछ जनों के बटुवे में आपकी तस्वीर हो मगर उससे क्या फर्क पड़ता है वह तो बस उनके तक ही सीमित है।

कहते हैं कि ख़ुदखुशी तो कोई शोक से करता नहीं खोजो तो उसका भी कातिल मिल ही जाता है।

खेद है इन शब्दों के लिए-

बड़ा दुख होता है आज की पीढ़ी की सहन शक्ति को देखकर, टीचर की छोटी से डांट फटकार से ही जहर पीने को आतुर हो जाते हैं।

आज की युवा पीढ़ी जिसको कि समस्याओं का डटकर सामना करना चाहिए वही उन से दूर भाग खड़े होते हैं कुछ तो जीवन के इस रंगमंच से ही त्यागपत्र दे देते हैं।

मैं सभी कि बात नहीं कर रहा हूँ अगर सभी ऐसे होते तो शायद ही हमारा विज्ञान इतनी तरक्की करता, शायद ही हम चाँद को छूते, शायद ही हम विश्वगुरु बन पाते, शायद ही हम विश्व के लिए एक मिसाल बन पाते।

मैं सभी परिवार जनों से विनम्र निवेदन करना चाहूँगा कि वह अपने युवा बच्चों के साथ उनकी मनो दशा के मुताबित पेश आयें। उन्हें वह भी करने दिया जाये जो वह करना चाहते हैं इन शब्दों का मतलब वह सब नहीं है जो उनके अहित हो या समाज के किसी भी प्राणी के अहित हो उन्हें उनके सपनों की उड़ान भरने दिया जाए अगर वह औकात से परे हैं तो भी उन्हें उनके प्रति आत्मविश्वाश से परिपूर्ण किया जाय।

# 06

# देर मगर अंदेर नहीं

भगवान के घर देर मगर अंदेर नहीं इस कहावत का एक स्पष्ट उदाहरण यह कहानी है ऐसा तो मैं बिलकुल भी न कहूँगा क्योंकि इस कहानी के किरदारों के लिए तो यह कहावत बिलकुल विपरीत है।

एक ऐसे परिवार की व्यथा जहां खुख, समृध्दी के कपाट न जाने कब से न खुले।

गाँव का परिवेश, माँ का आँचल और उस आँचल की छाव का जब अंत हो जाए तो वह घर, घर नहीं शमशान से भी पौर हो जाता है इस स्थिती से मोहन और उसका परिवार इस तरह वाकिव था जैसे तारे आसमान और मछली पानी से हो।

मोहन की पिछली माँ से तो मोहन भी न मिला तो यह लेखनी क्या ही मिल पाती पर राजबहादुर जी से सुना था जो कि मोहन के पिता हैं।

शुशीला बड़ी भाग्यवान थी।(मोहन के पहली माँ) जब तक वह थी तब तक यह घर स्वर्ग से कम तो न था और जब से गई घर की सुख, शांति भी साथ ले चली और अब तो लौटाने का नाम भी न लेती है।

शुशीला कद कांठी की भी खूब थी और उसके रंग-रूप के लिए तो मैं निशब्द सा हूँ शायद तभी ईश्वर को भी उसका साथ मेरे संग गवारा न था ईश्वर को भी उसकी आवश्यकता रही हो तभी तो जल्दी ही उसे भी अपने पास बुला लिया। जब उसे अपने ही पास बुलाना था तो उसे हमारे पास भेजा ही क्यों था ऐ भगवान ओह शायद गलती से ही वह हमारे पास आ गई।

बेचारी के आने से ही मेरे भाग खुले थे। काम धंधा भी अच्छा ही चलने लगा था। सारा परिवार उसकी खुशबू से ही महक उठता था घर के काम धंधों में भी उसका कोई

जबाब ही न था तभी शायद माँ से उसे ज्यादा ही लाड़-दुलार मिलता था मिलता भी क्यों न-

जब बहू सुबह चार बजने से पहले-पहले ही सास-ससुर के लिए उनके सयनकक्ष में चाय के प्यालों के साथ पहुँच जाती साथ में उनके लिए हुक्का भर भी ले आती थी फिर परिवार के अन्य जनों के लिए चाय-पानी की व्यवस्था में जुट जाती तो इतना हक तो उनका बनता ही था।

माँ, बाबा भी कहते थे कि न जाने कोन से पुण्य किए हमने जो हमें ऐसी बहू मिली किन्तु यह सुख नसीब ही किसके था उसने दो बच्चों को जन्म दिया बड़ा वाला गणेश जो कि दस पार भी न था तब जब सुशीला स्वर्ग सिधार गयी थी

गणेश तो फिर भी ठीक ही था मगर गुनशन तो अभी दूध का बाला ही था दो पार भी न था।

माँ-बाबा को भी स्वर्ग सिधारे अभी दो वर्ष भी न हुये थे बड़े भाई त्रिलोक जी और उनके परिवार के मथ्थे में इन बालकों को न मढ़ सकता था।

उनके तो पहले ही चार बच्चे थे तो भला मैं कैसे उन पर और बोझा डाल देता इन सभी बातों का ख्याल कर मैंने फिर दूसरा विवाह करने की ठानी और किया भी सुशीला का पदभार अब मैंने सुषमा के हाथों सोंप दिया था।

कहने को तो सौतन थी मगर सौतन के जो गुण इस समाज में बताए जाते हैं वैसा एक भी गुण उसमे न था।

सहनशीलता से परिपूर्ण, आदर सत्कार की प्रतिमा थी वह तो लोग शायद तभी कहते हैं कि अच्छे लोगों की किस्मत कहां अच्छी होती है।

चार साल भी उस बेचारी ने वैवाहिक जीवन का आनंद न लिया था कि विधवा कि सफ़ेद धोती का ओढ़न ओढ़ लिया, कानों के कुंडल, पाँव के बिछवे, पाँव की पायल, माथे का सिंदूर, हाथों के कंगना, नाक की नथनी तक उसकी उतार फेंकी गयी थी।

चौबीस, छब्बीस में न तो कब उसको सजना सवरना था मगर उसके नसीब वह सुख कहां था इस घर में आने के बाद भी उसे सजने सवरने का वक्त भी कहां मिलता था दिन भर तो वह गुनशन की तलाश-मलाश में लगी रहती जरा वक्त मिलता तो खेतों से हो आती, खाने-पीने का प्रबंध करती और भी ढेरों काम उस बेचारी के मथ्थे यंहा भी

मढ़ दिये गए थे अपने लिए तो वह घड़ी भर भी कहां निकाल पाती थी सब उसी को तो करना था।

अपनी ज़िम्मेदारी का वह बखूबी निर्वाह कर रही थी गुलशन भी अब दूध का बाला न था सात वर्ष को वह भी गले लगा लिया था।

प्रात:काल वह उठ कर नास्ता पानी तैयार करती, गुलशन को स्कूल के लिए तैयार करती गणेश तो पहले ही इन सब कामों में सक्षम था अब तो वह कुशल हो चुका था गुलशन से जंहा उसे छुटकारा मिलता वंही वह मोहन की तलाश-मलाश में जुट जाती।

पिछले साल ही उसने मोहन को जन्म दिया था बड़ा हटी बालक था माँ को घड़ी भर भी दूर देखता तो घर को सिर उठा लेता था जब उसकी ताई उसे लाड-दुलार कर चुप करवाने के मकसद से पुचकारती तो भी वह बिना माँ को देखे चुप न होता था

इसी सब के चलते वह घर का काम तो कर लेती मगर बाहर का काम करने को उसे फुर्सत भी न मिल पाती थी

इनसब कामों के लिए वह अपनी छोटी बहन रेखा को अक्सर अपने पास बुलाया करती थी अगर वह बाहर का काम न करें तो कम से कम मोहन की देख-रेख तो कर ही लेगी तो उसे बड़ा सहारा हो जाएगा यही सोचा करती थी।

सोचा क्या करती थी बल्कि ऐसा ही हुआ भी करता था।

दिन ढलते जा रहे थे सुषमा ने तो मानों सुशीला की कमी ही पूरी कर दी थी काल की गति काल के साथ ही चल रही थी सुषमा को इस घर में आए आठ बर्ष भी हो चुके थे मोहन 6 का तो मेरी प्यारी गुड़िया यमिनी भी तीन वर्ष की हो चली थी।

काल चक्र में फंसा वह मनूष दिन फिर मेरे परिवार को अपाहिज सा कर गया कहते हैं अकाल मृत्यु वह मरता है जो चांडाल का काम करता है किन्तु मेरी सुषमा ने तो सायद ही कोई ऐसा काम किया था।

काले बादलों से आसमा घिरा हुआ था बिजली की कड़कड़ाहट भी ज़ोरों पर ही थी पंछियाँ भी उन बादलों के बीच लुकाछुपी का खेल खेल रहे थे।

गाँव के नन्हें-मुन्नों का शोरगुल तो मधुमक्खियों की भिभलाहट सा था।

गोधुली बेला के आस-पास का ही वक़्त था जब बड़े भाई साहब की पत्नी हमारी भौजी ने उन नन्हें-मुनों का शोरगुल शांत करवाया ही था कि मेरे घर में किलकारियों की गूंज हो उठी।

भाग का धनी मैं खुद को न ही कहूँ तो बेहतर हो। भाग तो फूटे ही थे जो शुशीला के बाद सुषमा को भी खो बैठा।

जिस घर की चोखट लाँग कभी जिसमें कभी प्रवेश किया था वही चौखट उसके प्राण-दान की वजह बन जाएगी ऐसी खबर तो उसे क्या ही होती किन्तु होनी को कोन रोक सकता था होनी को तो होना ही था। उसके भाग वही लिखा था।

यह कलमकार उम्र का आठ भी न था तब जब यह घटना उसके आँखों तले थी   ।

मित्रमंडली अपने में ही मगन थी उस घर से आ रही किलकारियाँ भी उसके कानों के पर्दों के पार थी उसकी अम्मा का उस दिन का उसे पुचकारना उसे आज भी याद है।

वह मनूष दिन जब उसकी अम्मा दोड़े-दोड़े उस घर को जा रही थी जिस घर से वह किलकारियाँ आ रही थी।

राह में जब वह दिखा तो उसकी अम्मा उसे बिना डांट-डपट के इस तरह पुचकारती मानों वह कब से रूठा हुआ है। रूठता तो क्या ही वह तब जब उम्र का तकाजा ही वैसा था।

किन्तु जब अम्मा कहती-

*"बेटा मैं अभी आ रही हूँ तुम जल्दी से घर चले जाओ और दरवाजे बंद करके सो जाना मुझे शायद आने में देर भी हो"।*

समझ तो वह भी रहा था कि अम्मा ऐसा क्यों कह रही हैं मगर कहने को उसके पास तब कुछ था ही नहीं।

कुछ पल ही ठहरे थे कि उस घर से उसकी अम्मा और उसकी ताई की किलकारियाँ भी उसके कानों तले आ पहुंची वह सहम सा उठा और अपनी बड़ी दीदी से पूछ भी बैठा कि-

*"दीदी वहाँ क्या हुआ है क्या आप अम्मा और ताई की रोने की आवाजें सुन रही हो"*

दीदी तब उससे भी बेहतर उस स्थिति को जानती थी। किन्तु उसे कुछ बताना ही न चाहती थी। लेकिन वह तब इतना भी नादान न था कि यह भी न जान सके कि कब और क्यों रोते हैं? कब और क्यों हंसते हैं।

जिददी स्वभाव का तो वह था ही जिद पर अड़ा तो दीदी को न चाहते हुये भी बताना पड़ा कि-

*"वह गणेश है न उसकी अम्मा बहुत बीमार हो गई हैं और ताऊ जी कह रहे थे कि शायद ही बचे।*

*घर की चोखट पर ही गिर गई थी पेट में ज्यादा ही चोट आई है। चल तू सो जा जब अम्मा आयें तो अम्मा से ही पूछ लेना"।*

अम्मा से तो वह पूछ न पाया और पूछता भी क्या कि-

*"कल आप रो क्यों रही थी या यह पूछता कि गणेश की अम्मा कैसे गिर गई"?*

अम्मा से यह सब पूछने का साहस भी करता तो कैसे खुद तो वह सहमा हुआ था मगर उसके भी कानों में पड़ा था। बेचारी की बड़ी दुर्दशा हुई उस घर का वह फर्श जो कि उनके रक्त से लाल हो चुका था उसे देख किसी के भी रोंगटे खड़े हो सकते थे।

एक तो वह पेट से थी और पेट में ही इस तरह की चोट का लगना माँ के साथ-साथ पेट का शिशु भी दम तोड़ गया।

उस परिवार की वह दशा तो क्या ही किसी से देखी जाती। दुख का वह पहाड़ जो उन पर टूट आया वह किसी पर न टूटे यह दुआ तो हर कोई ही कर रहा था और इस कलमकार से भी यह अनदेखा न हुआ था और हो भी कैसे सकता था जिसे उन्होनें कई दफ़े डांट-डपटकर समझाया जिसकी दिनचर्या का वह भी हिस्सा थी जिनसे उस परिवार का नामोनिशान था उनको कैसे भूल सकता था घरों में भोगोलिक दूरी जरूर थी मगर दिल तो जुड़े थे रिश्ता भी पारिवारिक खून का जो था।

उस घर में शोक की जो लहर उमड़ी थी वह सिर्फ उस घर तक ही सीमित न थी बल्कि पूरा गाँव ही उसकी चपेट में आया हुआ था।

यहाँ बात सिर्फ उन दो ज़िंदगियों के तबाह होने की नहीं थी बल्कि बेचारी सुषमा के साथ ही वह परिवार पूरी तरह टूटकर बिखर गया था।

राजबहादुर जी का भी अब काम धंधों में भी मन न लगता था वो तो गणेश कुछ कमाने लगा था जिससे परिवार जैसे न तैसे चल ही रहा था राजबहादुर जी भी अब शहर से विदा ले चुके थे गुलशन, मोहन, यामिनी इन तीनों के लिए माँ, बाबा दोनों ही अकेले राजबहादुर जी थे और उन बालकों को उनकी आवश्यकता भी तो थी।

गाँव में जो भी खेत थे उन्हें राजबहादुर जी ने गाँव के ही कुछ जनों को पट्टे पर दे दिया था ताकि वह बांज न पड़े।

परिवार पटरी पर तो नहीं मगर चल ही रहा था त्रिलोक जी और उनके परिवार का भी दायित्व बनता था कि वह उनका भी ख्याल रखें त्रिलोक जी की पत्नी कांता जी का भी अब उन बच्चों के प्रति ज्यादा ही प्रेम उमड आया था जो कि स्वाभाविक भी था और उनका मौलिक कर्तव्य भी था ही।

राजबहादुर जी के परिवार की दिनचर्या का जो ढंग था वह भी अब पूर्णरूप से बदल चुका था बदलता भी क्यों न अब वह रंग-ढंग भी तो न था वैसे भी जिस घर में औरत न हो वह घर हो भी कैसे सकता था।

खैर जो भी था वह तो था ही।

नित्य ही दिनों को काल हजम कर जाता घर में सुषमा की एकमात्र निशानी उसकी तस्वीर के बगल में रखी घड़ी की सुइयां टिक-टिक करके बस उसी की स्मृतियों को उजागर करती ही जाती थी।

दुख का वह पहाड़ भी राजबहादूर जी के परिवार की दशा देख पिघल सा गया और सुख को नियोता भी दे गया स्पष्ट कहूँ तो गणेश के विवाह का दिन तय हो गया था।

वैसे भी गणेश को तो हालातों ने वक़्त से पहले ही बड़ा बना दिया था पहले तो शुशीला उसे मझधार में छोड़ चली दो, चार दिन भी सुषमा का आँचल न देखा था कि जिम्मेदारियाँ उसे प्रदेश खींच ले गई।

बचपन का भूत कब चढ़ा और कब उतर गया यह तो उसे कभी मालूम ही न हुआ आज जब बाईस का हो गया तो खुद को देखा वो भी तब जब विवाह का दिन-वार तय हुआ।

सकल-सूरत का तो गणेश खूब ही था हट्टा-कट्टा नोजवान बिलकुल सेना के अफसर सा लगता था कपड़े भी अक्सर उसी मिजाज के पहना करता और बालों की कटिंग भी तो उसी तरह की हुआ करती थी जो भी देखता खुशी से फूले न समाता था।

उन्हें देख लोग अक्सर कहा करते-

*"लड़का तो यह है भई देखा शुशीला ने जब इसे छोड़ा था तब कैसा था और आज देखो तो"*

शायद लोग तभी कहते हैं **जब हमें वक़्त सिखाता है तब हम से बेहतर सिर्फ वही मिल सकता है जिसे हालातों और वक़्त ने सिखाया हो नहीं तो हम से बेहतर तब कोई हो ही नहीं सकता है।**

दिन-वार शुभ था। घर में भी लोगों का जमावड़ा भी था।

चारों और हर्ष उल्हास बिखरा पड़ा था और उसे कोई चाहकर भी समेट नहीं सकता था दूल्हे के रंग में रंगा, हल्दी चन्दन से पुता गणेश व उसके चहरे के तेज का भी कोई जबाब न था।

शोक की उस लहर को दफना पूरे गाँव में खुशी की लहर उमड़ी हुई थी गणेश घोड़ी जो चड़ा था बैंड, बाजे, गाजे सब की धुन गणेश के घर थी। घर में एक और गणेश के विवाह की रौनक तो दूसरी और लंबे समय बाद घर में आया यह शुभ दिन था।

जिस घर का रंग बिना औरत के फीका सा पड़ गया था वह रंग अब फिर से चढ़ने वाला था चढ़ने वाला क्या था वह तो चढ़ ही चुका था।

गुलशन भी अब थोड़ा बड़ा तो हो ही गया था मगर अभी तक वह समझदारी का औढन न औढ़ा था।

गुलशन वसते अब दूध का बाला न था।

पढ़ने लिखने में तो गुलशन कुछ खास तो न था बेचारा दशवीं भी न ठेल पाया थक-हार कर शहर ही चला गया।

बाबा के साथ था तो अनुशाशन से उसे परिपूर्ण होना चाहिए था मगर ऐसा बिलकुल भी न था होता भी कैसे माँ के बदले का प्यार भी तो बाबा से ही मिला था।

थोड़ा शरारती, भैंसबुद्धि का तो था ही शहर चला गया तो खुद ही बदल जाएगा सभी को ऐसा लगता था मगर अभी तक तो ऐसा कुछ न हुआ था।

काल चक्र काल की भांति ही चल रहा था घर में नई बहू की आहट से वह बिन औरत का घर भी अब महक चुका था। मोहन और यमिनी को भी अब अम्मा के बदले का

थोड़ा प्यार भी मिलने लगा था। वो खेत जो दूसरों के पास बट्टे पर दिये थे वह भी वापस ले लिए गए थे

गणेश की धरणी ही घर, बाहर के कामों में निपूर्ण जो थी।

अभी तक घर में एक मात्र महिला जिन्होंने इस घर को भी देखा था गणेश की ताई त्रिलोक जी की पत्नी को भी पीलिया हुआ और ऐसा हुआ कि वह सीधे स्वर्ग ही सिधार गए।

आजतक तो गणेश की ताई का काफी साहरा था जो कि अब न बचा था बेचारे त्रिलोक जी भी अब उन पुरानी स्मृतियों के साहरे ही जी रहे थे।

दो बालक, दो बालिकाएँ जिनकी अब शादी हो चुकी थी बालिकाएँ तो मायके चली गई छोटी बहू विदेश और बड़ी बहू, एक नाती, एक नातिन ही अब त्रिलोक जी के साथ थे।

विवाह के कुछ दिन बाद ही गणेश शहर चला गया गणेश के साथ गुलशन भी शहर चला गया घर में नई बहू गणेश के बाबा जी और मोहन, यामिनी ही थे।

घर के काम धंधे यथावत चल ही रहे थे मोहन और यामिनी का बचपन भी सिमट ही रहा था गणेश की पत्नी विनीता के भी पाँव भी इस घर में जम चुके थे गाँव के काफी जनों से परिचय भी हो ही चुका था गाँव की पगडंडियाँ भी अब विनीता को भली भांति जानने लगी थी।

गणेश की बहू आये दो वर्ष भी न हुये थे कि राजबहादूर जी भी स्वर्ग के बाट चल पड़े और उन्हीं के साथ उस परिवार की एक मजबूद नीव का ही अंत हो गया।

यह नीव सुषमा के चले जाने के बाद ही कमजोर हो चुकी थी वो तो गणेश ने घर की

जिम्मेदारियाँ अपने सिर औढ ली थी तो फिर चल ही रहा था लेकिन घर का गार्जन तो गार्जन ही होता है।

चाहे साहरा तिनके का हो साहरा तो साहरा ही होता है।

राजबहादूर जी के चले जाने के बाद तो परिवार मानों पूरी तरह ही बिखर पड़ा मोहन भी अब अपनी बुआ के साथ ही रहने लगा विनीता गणेश के साथ शहर चली गई घर में बची बेचारी यामिनी जो कभी ताऊ के घर चली जाती तो कभी बुआ के घर चली जाती

थी और बेचारी जाती भी कहां ताई जी के गुजर जाने के बाद ताई के घर में भी तो वह चहल-पहल न थी।

घर तो दोनों साथ-साथ ही खंडर बने जा रहे थे।

मोहन ने आठवीं पास कर इंटर कॉलेज में दाखिला ले लिया था और गणेश की जिम्मेदारियाँ भी दिन-ब-दिन बढ़ती ही जा रही थी तो वहीं यामिनी भी सातवीं कक्षा में जा पहुंची थी गुलशन तो अभी तक न सुधरा था चार पैसे जो कमाता वो नशीले पदार्थ ख़रीदने में ही खर्च कर देता था घर में एक पैसा देखने को तक न दिखता था उसका।

भगवान है भी या नहीं यह तो यह कलमकार भी न जानता मगर इतना उसने ही नहीं सबने ही सुना होगा कि भगवान सबके साथ अच्छा ही करते हैं उस परिवार की दशा देख तो उसे भी यह सरासर गलत लगता है कि भगवान सबके साथ अच्छा करते हैं अगर ऐसा होता तो उस परिवार की आश का वह आखिरी दीपक ऐसे कैसे बुझ जाता जिस परिवार में सुख चार दिन भी न रहता वहां दुख अपना ढेरा वर्षों तक कैसे जमा सकता है।

यह तो उस भले भगवान का इंशाप न हुआ।

विवाह को चार वर्ष ही हुये थे। विनीता पेट से थी। अतीत की उन कटु स्मृतियों के उस जहर का घूट घटक सभी जी ही रहे थे।

घर में नया मेहमान आने की खूब ही रौनक थी विनीता की खुशी का भी कोई ठिकाना न था गणेश तो न जाने उस नन्हें से राजा के लिए क्या-क्या सपने देख लिया था कभी उसके लिए घोडा बनकर रहूँगा तो कभी उसे सारा दिन कंधे पर रखता फिरूँगा यह बात कई दफ़े विनीता के मूंह से भी उसने सुनी थी कि गणेश का यह कहना था।

खुदा इस परिवार से रुखसत क्यों है यह तो वह भी नहीं जानता मगर उसे वह दिन भली से याद है जब उसके बाबा उस तक यह संदेश पहुंचाते हैं कि-

*"तुम्हारा बड़ा भाई गणेश अब न रहा उसे रक्त केंसर था यह बात तो उसके सिवाय घर, गाँव में तो कोई भी न जानता था मुझे भी उसने दो दिन पहले ही यह बात बताया और बेचारा देखो न कच्ची उम्र में ही सबको छोड़ कर चला गया"।*

उस परिवार का एक ही तो साहरा था एक वही तो था जिस पर आश थी उम्मीद थी गुलशन के तो रत्ती भर भी लक्षण न लगते सुधरने के, उसे तो तुम भी जानते ही हो यह भी उसके बाबा ने उससे कहा था।

खुदा की मर्जी का कुछ भी अंदाजा किसी को भी नहीं होता हम पर बीते तो वह खुदा हमें याद आते जो हैं ही नहीं शायद हो भी सकते हैं किन्तु उसके लिए तो हैं ही नहीं जो मानता है

## हैं ही नहीं

यह लेखनी भी न जाने किस और चली जा रही है यहां पर हमें खुदा से कोई प्रयोजन है ही नहीं हमें तो मोहन और उसके परिवार से प्रयोजन है तो बातें उन्हीं की ही होनी चाहिए।

गणेश भी छोड़ के चला गया गणेश का बेटा सोहन जो कि अभी दो माह का भी न हुआ था उसके भी सिर से बाप का साया ही उड़ गया वो क्या जाने कि बाबा भी होते हैं कोई जो हमें कंधे पर बैठा कर ताजमहल को भी उसकी औकात बता देते हैं सपने जब हमारे हमारी औकात से बड़े हो जाएँ तो उन्हें भी वह उनकी औकात बता देते हैं खैर इन सब बातों से तो यहां क्या ही फर्क पड़ता है।

विनीता की भी आंखे सूख गई सभी से बस सांत्वना मिलती कि जो गया वह उससे पहले ही तेरे पास आ गया है तुझे जितना भी प्यार देना है इसी को दे अब यही तेरे लिए सब कुछ है इसी के सहारे तुझको उठना पड़ेगा। जीवन की इस रणभूमि में लड़ना ही पड़ेगा अभी से हार मान जाएगी तो कैसे आगे काम चलेगा।

विनीता का हाथ पाँव छोड़ना भी जायस ही था एक तो वह अभी बाईस की भी न हुई थी अकेली होती तो कई भी फिर ब्या कर लेती मगर अब तो साथ में सोहन को भी जाना ही था और ऐसा तो ढूंढे भी न मिलता और थी भी तो अभी विनीता छोटी ही, यौवन भी न निखरा था अभी और इस उम्र में ही विधवा तो वह वैसे भी न रह पाती किन्तु अब उसके पास इसके सिवाय चारा ही क्या था।

वो तो जहां गणेश काम करता था वह लोग ही बड़े अच्छे थे जिन्होंने गणेश के इलाज का पूरा खर्चा उठाया था गणेश हो न पाया तो इसमें उनका तो कोई दोष है ही नहीं।

सोहन की सारी ज़िम्मेदारी वो अपने कंधे ले लिए और विनीता से वादा भी किया कि जब तक यह लड़का इक्कीस बर्ष का नहीं हो जाता तब तक इसका सारा खर्चा हम उठायेंगे।

वो भले लोग आज भी उसी बात पर अटल हैं भी या नहीं यह तो यह कलमकार भी नहीं जानता इसकी वजह उन से अब जो दूरी है वही है।

आज आठ साल हो गया गणेश को गुजरे या यूं कहूँ कि उस परिवार को उजड़े गुलशन से ही विनीता का फिर से विवाह करने की सलाह तब कुछ बुद्धिजीवों ने गुलशन को दी मगर गुलशन तो था ही भैंसबुद्धि साफ-साफ ही मना कर गया था।

मोहन की पढ़ाई तभी छूट गयी थी बुआ भी कब तक देखती अपना घर तो अपना ही होता है।

कच्ची उम्र में वह भी काम धंधे पर लग गया परिवार तो बचा ही क्या था जो उसका भरण-पोषण करता यहां तो बस अपना-अपना पेट पालने से ही मतलब था।

विनीता भी अब सोहन के साथ अपने ही मायके रहने लगी थी इस घर तो उसका बिलकुल भी जी न लगता था।

दो, चार दिनों का अक्सर वह यहां आया करती थी किन्तु इस घर की दिवारे तक भी उसे रास न आती थी और स्मृतियों के कपाट जब खुलते तो मानों वह उसकी जान ही ले लेते थे वो तो विनीता का स्वभाव ही कुछ अलग था वह यामिनी को भी अपने ही साथ अपने ही मायके ले गई वहीं उसकी पढ़ाई-लिखाई जो भी होनी थी वह हुई।

घर में पूरी ही तरह अब तालाबंदी ही हो चुकी रेख-देख करने वाला भी कोई न था गणेश स्वर्ग सिधार गया, गुलशन, मोहन शहर, विनीता और यामिनी विनीता के मायके ही थे इस घर को अब खंडर बनने में तो ज्यादा वक़्त भी न लगता था वो तो जब तक त्रिलोक जी हैं तब तक तो चलेगा ही उसके बाद का कोन ही जाने क्या हो।

विनीता के मायके वाले भी कब तक उसको ऐसे ही देखते और अपनी बेटी को अपने ही घर में विधवा कोई कैसे देख लेता शायद तभी विनीता के बाबा जी विनीता के लिए लड़का देखते ही रहते थे।

भाग (भाग्य) विनीता के तो अच्छा ही लिखा था वो तो मोहन के परिवार के ही भाग फूटे थे जो भी यहाँ आता वह रह ही न पाता था।

सोहन भी पाँच वर्ष का हो चुका था आखिर विनीता के बाबा जी की मनोकामना भी पूर्ण होने ही वाली थी विनीता को वैवाहिक जीवन जीने का फिर से अवसर जो मिलने वाला था सोहन को बाबा और विनीता को सुहाग जो मिलने वाला था विनीता से रुखसत उसके भाग भी अब उसी की ओर होने लगे थे।

विनीता को भी वह सुहाग मिल गया जो उन्हें सोहन के साथ सहर्ष स्वीकारने को तैयार थे दरअसल उनका भी यह दूसरा विवाह था पहली पत्नी कोन, कैसे, क्या थे इसका तो इस कलमकार को क्या ही अता-पता होता मगर विनीता के सुहाग को देखने का अवसर जरूर मिला।

संचार की उच्चतम सुविधाएं व शोशल मीडिया के इस दौर में बातें गुमनाम तो हो ही नहीं सकती।

शोशल मीडिया पर विनीता को दुल्हन के जोड़े में सजी देख ढेर सारी शुभकामना भी वह दे गया और मन ही मन न जाने कहां खो गया।

इस परिवार से विनीता का जो नाता है वह क्या अब भी रहेगा? या यू कह दिया जाए कि विनीता भी कभी इस परिवार की जान हुआ करती थी उसका इस परिवार से नाता है नहीं हुआ करता था।

विनीता का विवाह हुआ विनीता अब अपने ससुराल चली विनीता का घर यामिनी के लिए पूर्ण रूप से वह न था जो पहले हुआ करता था। जब तक उस घर में विनीता थी तब तक उस घर में यामिनी की जगह थी अब तो वहाँ विनीता ही न थी तो यामिनी वहाँ किस हक से रुक जाती।

विनीता का विवाह हुये दो दिन ही हुये थे। यामिनी वहाँ से अपना बोरिया-बिस्तर उठा सदा को अपने घर आ चली थी खुसी की बात तो यह थी कि कुछ माह पहले ही यामिनी की भी मंगनी उसी के पसंद किये लड़के से हो गई थी।

अब इस घर में उसको भी कुछ माह ही रहना था फिर तो उसको भी ससुराल चले जाना था।

जिस तरह विनीता का विवाह हो जाने से विनीता का घर यामिनी के लिए पराया हो गया क्या यामिनी का घर भी अब विनीता के लिए पराया हो गया इस सवाल का उत्तर ही उसको उलझन में फसाये रखा है।

खैर इस सवाल का तो यहां क्या प्रयोजन

इस कलमकार को इस कहानी माफ कीजिये कहानी नहीं एक वास्तविकता जो आज भी है उस परिवार को फिर से वैसा देखने की चाहत शायद ही कभी पूरी हो किन्तु यह तो अवश्य ही चाहेंगे कि उस परिवार को फिर से वैसा ही देखे जैसे कभी देखा था और फिर वह दिन भी न दिखे जो कभी दिखे थे।

इसी कामना के साथ इस कलम का यह सफर समाप्त तो नहीं होगा और मेरे प्रिय पाठकों के बीच यह वास्तविकता फिर से एक बार उभर कर आएगी।

# 07

# शवशाला

स फर तो ताउम्र का है और ताउम्र तब तक है जब तक हम जिंदा हैं जब तक हमें हमारी आखिरी मंजिल गले न लगा लेती तब तक ही हम जिंदा हैं।

जब हमें हमारी आखिरी मंजिल गले लगा ले तब सारे रिश्ते नाते, सारी चाहते एक ऐसे मोढ़ पर आ जाती हैं जिनका अंत ही हमारा अंत है।

राह में कितना भी भटकाव, कितना भी ठहराव क्यों न हो मगर अंत में परिणाम तो एक ही है

**"शवशाला"**

शमशान की उस पवित्र भूमी के दस्तक पर लिखा था

**"मुझे यहाँ तक पहुंचाने वालों आपका धन्यवाद इससे आगे हम अकेले ही चले जाएंगे"** इस बात में कितनी सच्चाई यह तो वो लिखने वाले भी न जानते शमशान में राख हो जाने के बाद का भला क्या रास्ता मगर इतना तो सच ही था जब अकेले आयें हैं तो अकेले ही जाना है।

शमशान का वह मेला और वह मंत्र जो उसने कभी स्कूल की प्रार्थना कतार में सुना था शब्द वही थे और शायद उन शब्दों का अर्थ भी वही था मगर उसे न जाने दोनों में क्यों अंतर मालूम हो रहा था।

शवशाला के दर्शन और पाठशाला के दर्शन में भी ज्यादा अंतर तो न ही था एक में जीवन को ज्ञान से भरने का प्रयत्न किया जाता तो दूसरे में उस ज्ञान, उस देह, को स्वा किया जाता है।

यह मात्र एक कहानी नहीं बल्कि उसकी आप बीती है जिस पर बीती है।

दिन मंगलवार का था जो कि मात्र नाम का ही मंगल रहा मंगल होता तो कुछ होता ही मगर उसकी बड़ी दीदी जो अपने बाबा की सेवा-भक्ति में मगन थी जिसको एक माह से भी ऊपर हो ही गया था उसको अब बाबा अपनी सेवा का मौका नहीं देना चाहते थे देश की राजधानी में बाबा का उपचार चल रहा था अग्रज को उनके उतना वक़्त भी कहां मिलता था कि वह बाबा की पास रह सके।

चार माह पूर्व ही तो उसकी दादी का देहांत हुआ था बड़ी दीदी के बाबा ही तो दादी के काम में बैठे थे।

बाबा अपनी अम्मा को स्वर्ग तक जाने की सीढ़ी बना चुके थे जिसको कि उसी ने देखा जो गया बाकियों के लिए तो यह मात्र एक भ्रम सा है कि स्वर्ग भी कोई जगह है जहां इंशान मरणोपरांत जाता है वो भी वह जिसके कर्म अच्छे हों जिसके कर्म अच्छे नहीं वह स्वर्ग नहीं नरग का रास्ता नापता है इस बात में कितनी सच्चाई यह तो वह भी न जानता जो यह सब मानता है खैर इससे हमारा यहां कोई नाता भी न है कोन क्या जानता और मानता है।

दादी के देहांत के दो महीने बाद ही उनके बाबा के गले पर छोटा सा घाव पनप आया जो कि देखते ही देखते न जाने कब कैंसर में तब्दील हो गया। वह भी उनके बाबा जी से मिलने एक बार गया था जब वह उस दशा में भी कार्य कर रहे थे जब उन्हें आराम की सक्त जरूरत थी।

मगर कर्ज में डूबा आदमी तबी आराम कर सकता है जब उसके सिर से यह बला टले या तब आराम कर सकता है जब वह इस सांसारिक जीवन से त्यागपत्र दे दें और ऐसा भी नहीं है कि वह आदमी आराम नहीं चाहता आराम करना तो हर कोई चाहता है मगर यह हर किसी के नसीब भी कहां होता है खैर यह भी अलग बात है।

ताऊ की उस निर्बल दशा को क्या ही दर्शाऊँ यह पूरी पुस्तक ही उन पीढ़ित पलों से भरी पढ़ी है और अभी बहुत सारा दर्द आगे भी बयां करना बाकी है।

कैंसर से जंग लड़ते-लड़ते बड़ी दीदी के बाबा जी को छ माह से भी ऊपर हो ही चुका था इस बीच उसके अग्रज का विवाह हुआ बड़ी दीदी के बाबा भी विवाह में नाम को शामिल हो ही गये थे।

जब वह गाँव से शहर गये तब की उनकी वह देह और जो देह आज उसने बड़ी दीदी के बाबा जी की देखी उसमें उसे मानों जमी आसमा का अंतर मालूम हो रहा और हो

भी क्यों न जब साढ़े पाँच फुट के उसके ताऊ वजन भी सौ तो न मगर नब्बे पार तो रहा ही होगा।

छ, सात माह का उनका यह सफर बड़ा ही कष्टदायक था करीबन सात माह तक वह कैंसर से जंग लड़ते रहे किन्तु एक माह पहले ही उनकी देह भी जबाब दे चुकी थी जो कि अब सूखकर कांटा सा हो गई थी।

चलने का न वह ढंग बचा था और न ही बोलने बतियाने का, बतियाते भी कैसे मूंह तो छालों से भरा पड़ा था एक निवाला भी कैसे घटक पाते पानी के सिवाय जो मूंह में जाता वह मूंह से ही बाहर आ जाता या उन छालों के अंदर ही रिसता रहता था यही वजह थी कि पानी ही उनकी देह में प्राण पकड़े हुये था नहीं तो वह प्राण भी कब के फुर हो जाते।

कहां वजन सौ को जाता था वह तो चालीस, पचास भी मुश्किल से बचा होगा बचा क्या होगा वह तो उतना भी न बचा हुआ था एक माह तक जो कुछ भी न खाया था बस पानी, प्रोटीन सेख, व जूस के सहारे ही थे बड़ी दीदी को भी ताऊ के पास आए एक माह से भी ऊपर होने को था वजह बस यही थी कि ताऊ को रोज-रोज अस्पताल को जाना होता था और बिना साहरे के वह चलने में बिलकुल भी समर्थ न थे।

गाँव में होते तो पूरा गाँव ही हाल-चाल पूछने घर को आ जाता मगर गाँव से मीलों दूर लाखों के बीच में भी अपना खोजे न मिलता खैर ताऊ के लिए तो वहाँ अपनों की कमी तो न थी मगर यह तो बस नाम को था इतने ही अपने वहाँ होते तो बड़ी दीदी को अपने ससुराल से ताऊ के पास आकर महीनों तक थोड़े ही ताऊ की सेवा में रहना पड़ता औरों को भी उनकी सेवा करने का मोका मिलता एक, दो दफ़े से भी ज्यादा ही वह बड़ी दीदी के बाबा जी यानी अपने ताऊ की राजी-खुशी लेने गया मगर हर बार नाकाम और दिल हार कर घर ही चला आता **ताऊ दिन-ब-दिन सूख ही रहे हैं** जब भी ताऊ से मिलने जाता वापस आते वक़्त यही कह राह नापता था और वह कह भी क्या सकता था जब वास्तविकता ही यही थी।

एक-काद वर्ष भी न हुआ था उसको उसकी बड़ी ताई का इसी बीमारी के चलते देहांत को देखे और ताऊ भी उसी दहलीज पर आज खड़े थे जिसका परिणाम वह भी जानता था।

ताऊ कब तक के मेहमान हैं यह तो वह भी न जानता था वह ही क्या कोई भी यह न जानता कि कोन कितने दिनों का मेहमान है यह धरती माँ किसको कब तक अपने आँचल में रखती है यह भला धरती माँ ही जाने।

दो दिन पहले ही उसने अपने बाबा से भी कहा था कि-

"बाबा आप ताऊ को गाँव जाने को क्यों नहीं कहते शायद वहाँ का हवा, पानी से ताऊ की दशा में कुछ सुधार हो यहाँ तो ताऊ पर महीनों से धूप भी न चढ़ी और वैसे भी ताऊ की यहाँ देख-रेख भी कहां अच्छे से हो पा रही है"

"हाँ बेटा उनको तो में भी गाँव ही भेजना चाहता किन्तु डाक्टर कहते हैं जब इलाज चल रह है तो गाँव क्यों भेजते हो वैसे भी दो चार दिन उनकी सिकाई और बची है फिर उनको दवाई देंगे और तीन हफ्तों को अस्पताल से छुट्टी भी उनको दे देंगे"

ऐसा उसके बाबा ने उससे कहा था जो कि बड़ी दीदी ने अपने बाबा के मूंह की बात अपने मूंह से उसके बाबा से कई थी।

दो, चार दिन सिकाई और चली और उसके बाद ताऊ को अस्पताल से छुट्टी मिली मूंह के छालों से अब उन्हें थोड़ा राहत है ऐसा उन्होनें खुद ही उसे बताया जो कि उसे खुद भी दिख रहा था।

रात पलटने से पहले ही उसने अपने एक अजीज अग्रज को फोन कर कहा था

**कहाँ हो भाई आजकल, कैसे हो?** यह वह सवाल थे उसके अपने अग्रज से जिनका उत्तर अग्रज से वह भी न चाहता था अग्रज के उसके इन सवालों का जबाब देने से पहले ही उसने अपना वह सवाल भी अग्रज पर तान दिये जिसको पूछना वह वास्तव में चाहता भी था और उस सवाल का उत्तर भी।

ताऊ से मिलने कब आ रहे हो भाई? उसका मनचाहा सवाल यही था या उसका अग्रज के फोन की घंटी बजाने का मकसद भी यही था।

"अग्रज ने भी झट से कह दिया कल ही आता हूँ भाई चाह तो मैं भी कब से रहा हूँ कि एक बार मैं भी उनसे मिल आऊँ, उनकी राजी- खुसी लूँ, यार तू तो मेरी दशा समझता ही है साला ऐसा फंसा हूँ क्या ही कहूँ"।

"कोई न कल दिन में तो मैं पक्का ही वक़्त निकाल ताऊ से मिलने आऊँगा"।

"वैसे कल तू मुझे वहाँ मिलेगा क्या? ऐसा अग्रज ने ही कहा"

"न यार भाई कल मुझको दफ्तर जाना है। आजकल बहुत काम है"

ऐसा उसने अपने अग्रज से कहा"

"तो फिर तुम कब व्यस्त न रहोगे मैं सोच रहा था ताऊ के साथ-साथ तुमको भी मिल लूँ तो अच्छा, फिर न जाने कब वक़्त मिले और चाचा भी ठीक हैं न यह अग्रज ने कहा था"

"हां भाई पापा भी ठीक हैं वो रविवार को ही शायद मुझको समय मिल पाये अगर रविवार को दफ़्तर जाना न हुआ तो मैं आपको सूचित कर दूंगा फिर तुम रविवार को ही ताऊ से मिलने आ जाना"

उसने यह बात अपने अग्रज से कही

"अग्रज ने कहा अच्छा बढ़िया है और कोई आया था क्या ताऊ से मिलने अग्रज ने सीधे तौर पर यह प्रश्न पूछा था"।

"हां पिछले रविवार को बड़े भाई साहब और भौजी ताऊ से मिलने आये थे उसने भी अग्रज के सीधे से सवाल का सीधा ही जबाब दिया"

"अच्छा जी अग्रज का कहना था"

"हाँ भाई यह उसने भी कह दिया"

"चल भाई ठीक है फिर रविवार को मिलते हैं अभी थोड़ा काम है" अग्रज ने कहा"

"चलो ठीक है भाई रविवार को ही मिलते हैं"

उसने झट से कहा मानों वह उस बातचीत को आगे न बढ़ाकर उससे छुटकारा पाना चाहता था।

जो भी रहा हो बातचीत का सिलशिला वहां पर खत्म हुआ अग्रज ने भी फोन रख लिया और वह किताबी कीड़ा न जाने फिर अपनी डायरी में क्या कुरेदने लग गया और मन में यह बात डोल रही चलो ठीक परसों भाई से भी मुलाक़ात हो ही जाएगी जब शहर आये थे तभी मिले थे और आज तो काफी वक़्त गुजर गया है मिले बिना।

रविवार का दिन आया शाम का चार ही बजा था जब उसके अग्रज दिल्ली, कोटला की तंग गलियों में भटक रहे थे।

*"यार चाचा के कमरे पर एक बार तो गया था मगर ध्यान नहीं कौन सी गली में है तुम बाहर आ सकते हो क्या या मैं ही तुम्हारे कमरे पर आ जाऊँ। वही वाला कमरा है न"*

ये सारे सवाल अग्रज ने एक ही साँस में एकदम से कहे डाले वह भी सोचता रह गया कि पहले कौन से वाले सवाल का जबाब दूँ।

*"हाँ भाई तुम आप पहले हमारे कमरे पर ही आ जाओ फिर दोनों साथ ही चलते हैं"* उसने भी अपने अग्रज से कहा।

*"ओके मैं वहीं आ रहा हूँ"*

ऐसा अग्रज का कहना था।

*"चलो ठीक आओ फिर"* यह कहते-कहते ही वह दूकान की ओर चल पड़ा जो कि उसके घर से पचास कदम भी दूर न थी दुकान से आधा किलो गाय के दूध का एक पैकेट और एक पैकेट जीरा बिस्किट ले आया जो कि उसे बेहद पसंद था और शायद उसके अग्रज को भी।

उसने और उसके अग्रज ने चाय की दो चार चुसकियाँ ली और फिर उसके बाद वह और उसके अग्रज बड़ी दीदी के बाबा जी से मिलने जा पहुंचे हाथ में अनार के जूस का एक पैकेट भी ताऊ के लिए ले आये।

*"याल पप्पू और कुछ ले जाऊँ क्या"*

अग्रज ने जब ऐसा उससे पूछा तो उसने भी कह दिया-

*"न यार भाई और कुछ ले जाने की आवश्यकता नहीं है वैसे भी ताऊ जी कुछ खा तो नहीं पा रहे हैं उनके लिए जूस ही ठीक है"*

वह ताऊ से मिलने क्या पहुंचे बल्कि वह तो एक रिवाज जो पहाड़ों में सदा से चलता आया है जो पहाड़ियों के रक्त में घुला-मिला है वह तो उसका पालन कर रहे थे या यूं कहूँ की वह तो अपने कर्तव्य का निर्वहन कर रहे थे।

जब भी कोई महिला, पुरुष, जवान, बूढ़ा जो, जैसा, जिस भी अवस्थां में हो उससे कोई फर्क नहीं पड़ता अगर वह दुखी है परेशान है तो उसका हाल-चाल पूछना उनका

कर्तव्य बन जाता जो कि स्वाभाविक भी था और यह उन लोगों के लिए मात्र आम बात ही थी यह सिर्फ उनके लिये ही नहीं बल्कि हर एक जिसको मानवता से बड़ा कोई धर्म नजर न आता आम बात ही है।

ताऊ की दशा देख अग्रज की हैरानी की कोई सीमा न थी और वह भी उस दुखद घड़ी से गुजर चुके थे जिस घड़ी पर ताऊ आज थे।

अस्पतालों में रहना क्या होता है यह तो अग्रज से भला शायद ही कोई जानता था दो साल अग्रज ने अपनी अम्मा के साथ अस्पताल जो बिताये थे जिस बीमारी से ताऊ गुजर रहे थी उससे तो उनकी अम्मा पहले ही गुजर चुकी थी गुजर क्या चुकी थी बल्कि गुजर ही चुकी थी स्पष्ट कहूँ तो वह अतीत बन चुकी थी।

ताऊ से भी अग्रज ने बस इतना ही कहा-

*"डाक्टर क्या कहते हैं"?*

ताऊ जो कह रहे थे वह उसे भी समझ आ रहा था और उसके अग्रज को भी किन्तु उसकी बड़ी दीदी ताऊ का कहा ताऊ के साथ-साथ दोहरा रही थी वजह का तो वह भी न जाने मगर उसकी दीदी को न जाने ऐसा क्यों लगता कि शायद वह उनका कहा समझ नहीं प रहे है।

ताऊ कहते - *"कह तो कुछ भी न रहे हैं। कल ही सिकाई खत्म हुई है। तीन दिन को दवाइयाँ दी हैं फिर देखते हैं क्या कहते हैं"।*

ताऊ की पिघली देह को देखकर अग्रज के मन में भी वही विचार उमड़ आया जो कि उसके मन में भी उमड़ा था जिस बारे में उसने अपने बाबा से भी बात की थी और वही बात अग्रज भी बड़ी दीदी के बाबा जी से कह गए।

*"चाचा मैं तो कहता हूँ आप गाँव चले जाइये। कम से कम वहाँ का हवा, पानी तो साफ है। आपने माँ का हाल तो देखा ही है"*

ताऊ जी भी अग्रज के कहने का अर्थ समझ चुके थे वह समझ चुके थे अग्रज क्या कहना चाहते हैं क्यों अपनी माँ का उदाहरण दे रहे हैं ताऊ यह भी समझ चुके थे कि अग्रज कहना चाहते हैं कि अब आप गाँव ही चले जाइये कम से कम अपनों को आपकी सेवा का अवसर तो मिलेगा।

ताऊ की दशा देख अग्रज को तभी लगा चाचा शायद ही हो पायें और उसे भी ऐसा ही लगा वह झूठा भी साबित हुआ और फिर वैसा लगना भी शुरू हुआ जैसा अग्रज को लग रहा था।

*"हाँ सोचा तो था गाँव जाने का मगर डाक्टर कहते हैं जब तुम ठीक हो रहे हो तो गाँव क्यों जाना है। वैसे भी अब मुझको तीन दिन बाद डाक्टर के पास जाना है फिर शायद वो तीन, चार हफ्तों की दवाई दें फिर तो गाँव ही जाना है। वो उनकी दशा तो (अग्रज की माँ) मुझसे भी ज्यादा दुर्बल थी। मैंने तब ही कहा था "पाँव पर जहां तक केंसर है वहाँ तक उसको कटवा ही देते हैं किन्तु तब मेरी तो किसी ने न सुनी कम-कम वह आज जिंदा तो होते"।*

ताऊ की इन बातों से साफ जाहिर होता कि ताऊ को अब भी उम्मीद थी कि वह बिलकुल पहले जैसे हो जायेंगे जो अब शायद संभव भी न था मगर ताऊ का कहा हर एक शब्द आत्मविश्वाश से परिपूर्ण था और यही अग्रज की हैरानी की दूसरी वजह थी। इस दुर्बल दशा में कोई कैसे इतना आशावादी हो सकता है। कैसे कोई इतना आत्मविश्वाशी हो सकता है। मानना पड़ेगा भाई चाचा को ऐसा अग्रज खुद में ही बड़बड़ा रहे थे।

समय का अभाव भी ज्यादा ही संग था तो ताऊ से उसने और उसके अग्रज ने जल्द ही विदा ली किन्तु वह यह थोड़े जानते थे कि बड़ी दीदी के बाबा जी जल्द ही इस धरा से विदा लेने वाले हैं।

दिन मनूष है आज का वह कहता ही रह गया पहले तो दफ्तर में अपने सीनियरों की डांट और फिर यह तब पक्का हो गया जब रात के दश बजे बड़े ताऊ का फोन आता वह अचम्बे में था यार आज इतनी रात बड़े ताऊ का फोन। न जाने क्या हुआ हो चलो उठा के देखें तो।

जब वह फोन उठाता बड़े ताऊ कहते-

*"पप्पू वो तेरे पापा फोन नहीं उठा रहे हैं। अजय का फोन आया था क्या तुझे यार जरा तू वहाँ जाकर देख तो क्या हुआ वो अजय क्या कह रहा है"*

वह तो उसे भी न पता था कि अजय (बड़े भाई साहब) ने ताऊ से क्या कहा जो भी कहा हो पर बड़े ताऊ ने उसे भी तो न बताया था बस कह दिया जरा जाकर देख तो मगर

शक उसका वहीं गया जो सच में हुआ था। और शक का वहाँ जाना भी जाहिर ही था क्योंकि वह ताऊ की दशा से भली-भाँति परिचित था।

वह फोन नीचे भी न रख पाया कि बड़े भाई साहब का फोन आता और वह कहते-

*"पप्पू जरा यहाँ आ जाओ यार"*

वह अपने बिस्तर से उठा भी न था कि उसके बाबा उसके कमरे की चौखट पर आ पहुंचे और कहने लगे-

*"बेटा अपने काका को भी कहो और मेरे साथ अपने ताऊ के कमरे पर चलो तो"।*

जो हुआ था वह तो वह भी जान चुका था किन्तु अपने बाबा के मूंह से सुनना चाहता था ताकि उसे पूर्ण विश्वाश हो कि वह जो समझ रहा है सही समझ रहा है। राह में ही वह आपने बाबा से पूछता-

*"बाबा ताऊ की तबियत ज्यादा ही खराब हो गई है क्या"*

बाबा कहते- *"हाँ शायद"*

फिर थोड़ी देर बात वह फिर कहता-

*"बाबा उनको सदरजंग ले के चलना होगा ना"*

मगर इस बार बाबा ने खुद ही वह कह दिया जो वह उनके मूंह से सुनना भी चाहता था

**"बेटा उनको कहीं ले जाने की जरूरत नहीं है। उनको जहां जाना था वहाँ वह जा चुके हैं नहीं तो अजय इतनी रात को फोन क्यों करता अजय तो चल ठीक है मगर तेरे बड़े ताऊ इतनी रात को क्यों फोन करते शायद वह खतम (खत्म) ही हो चुके हैं"।**

जो हुआ था उसको तो वह पहले ही जान चुका था और अपने बाबा के मूंह से सुनना चाहता था वह भी सुन चुका था।

उस पांचमंजिला घर का वह छत वाला कमरा जहां उसके ताऊ रहा करते थे अभी भी थे मगर न के समान ही थे देह तो थी मगर बेजान अब कैसे कह लेते कि ताऊ अभी भी वहीं हैं उस घर की वह बदबूदार और अंधेरे में लिपटी सीढ़ियाँ जिनकी वजह से वह भी वहाँ कम ही आया करता था।

उस दिन भी जब वह उसके बाबा और उसके काका उन सीढ़ियों को चढ़ते ताऊ के कमरे तक पहुंचे और हल्के हाथों से दरवाजा खोला तो देखा दिवाल पर कमर अड़ाये उसके पड़ोस वाले काका उनके एक चहेते मामा जो कि ताऊ के ही साथ रहते थे किटे दातों में कमरे के फर्श पर लेटी उसकी बड़ी दीदी उसके बड़े भाई साहब जो कि बड़ी दीदी को बड़ी मुश्किल से संभाल पा रहे थे। अपने ही बिस्तर पर पड़े उसके बड़े ताऊ जो कि अब एक लांस (मृत देह) बन चुके थे।

बाबा ताऊ के पास गये। ताऊ के गालों को थपथपाया किन्तु इससे क्या फर्क पड़ने वाला था जो है ही नहीं उसके पीछे होने का भला अब क्या अर्थ रह जाता जिसके लिए तड़प हो वह हो ही नहीं तो उसके लिए तड़पने से भला क्या हो जाना था उसने भी ताऊ की देह देखी आँखों में ताऊ की वह पुरानी देह जो इस दुख से पहले थी वह भी रेंगती हुई और दोनों का जब वार्तालाप हुआ तो उसकी भी आंखे भर आई।

जब वह पुरानी देह उस नयी मुरझी देह से कहती "देख मैं तुझसे भली थी देख रही है तू कैसी है"

इन दोनों में जो अंतर था वह उसके कल्पना लोक से बाहर ही था अब तो ताऊ बस हड्डियों का ढांचा मात्र बचे थे और

**चंद मिनटों पहले उस हड्डियों के ढांचे में प्राण भी** थे।

फिर वह बड़ी दीदी की और मुड़ा उनके किटे दांतों को चम्मच से खोलने का प्रयत्न करता चहरे पर पानी की छपाकें (पानी के छींटें) मारता और फिर बड़ी दीदी सुद में आई।

चाचा-चाचा कह उसके बाबा से लिपट गई और बाबा से कहने लगे।

***"चाचा-चाचा मेरे बाबा मुझसे बात क्यों नहीं कर रहे हैं। मैंने अभी उनके लिए दलिया बनाया है वो कब से कह रही हूँ वो उठ ही नहीं रहे हैं चाचा आप कहो न उनसे कि दलिया खा लो। चाचा आप बाबा को जगाओ न मुझको अभी उन्हें दवाई खिलानी है"।***

बड़ी दीदी के सवालों का जबाब भी उसके बाबा के पास तो बिलकुल भी न थे यह बात वह भी जानता था और उसकी बड़ी दीदी भी मगर जब सुद ही न हो तो जाना हुआ भी अंजान सा ही लगता है और अगर उस वक़्त उसके बाबा के पास कुछ था तो सिर्फ आँख में आँसू जिनका होना स्वाभाविक था।

और बस इतना कहते ही बड़ी दीदी फिर बेसुद से हो जाती थी और होती भी क्यों न उसका वह संसार जो उजड़ गया था जिस संसार की वह परी हुआ करती थी उसका वह आसमान जिसको यह जमी निगल गई जिसमें वह उड़ान भरा करती थी जो कभी उसके लिए घोडा बना करता था तो कभी उसके लिए हाथी कभी उसको प्यार से सहलाया करता था तो कभी दो चार तमाचों से स्वागत भी किया करता था उसके लिए अब यह सब भी तो नहीं है तो फिर वह इस गम में बेसुद क्यों न हो।

गाँव में होते तो आड़ोस-पड़ोस की औरतें सांत्वना देने आ पहुँचती किन्तु यहाँ ऐसा करने वाला भी तो कोई न था।

और अब बड़ी दीदी को वहाँ पर और रख भी तो नहीं सकते थे जब भी सुद में आते-

*"मेरे बाबा को क्या हुआ। मुझे उनको दवाई देनी है"*

जो ताऊ को महीनों से दवाई देती जा रही थी उसका ऐसा कहना लाज़मी भी था।

बाबा और अन्य जनों ने पहले तो बड़ी दीदी को दूसरे कमरे में बेजने का निर्णय लिया। वह और उसके बड़े भाई साहब पहले तो उसकी बड़ी दीदी को साहारा देते दूसरे कमरे तक ले आये और उनको बड़ी दीदी की देखभाल की ज़िम्मेदारी भी सौंपी गई। कुछ वक़्त गुजर जाने के पश्चात उसके पड़ोस के एक और काका भी वहाँ आ पहुंचे जिन्होनें कि बड़ी दीदी की देखरेख में काफी मदद की।

थोड़ी देर बाद ही बाबा ने उसके ताऊ को कमरे के फर्श पर लिटाने का निर्णय लिया।

बड़े भाई साहब ने उसको आदेश दिया कि वह शहर में जितने भी परिवार के जने हैं सभी को सूचित करें किन्तु यह खबर गाँव में परिवार तक न पहुंचे कल ही देखते हैं गाँव वालों को कब सूचित करना है अभी तो रात भी ज्यादा ही हो चुकी है।

वह छत पर चला गया और एक-एक करके अपने अग्रजों को, अनुजों को सुचित करता गया।

जिसके भी फोन की घंटी बजती वह अच्म्बे में पड़ जाता **यार आज इतनी रात को इसका फोन क्या हुआ होगा। ऐसे तो यह कभी फोन नहीं करता आज भी नहीं करता किन्तु जब दशा खराब हो फिर वक़्त थोड़े देखा जाता है।**

यह बात उसको अगले ही दिन पता चला कि सबको उसका फोन आते ही लगा कुछ तो हुआ है और जाहिर सी बात थी सबको तो वैसा ही लगता

सभी को फोन पर एक ही बात कहता ही रहा धीमी आवाज में मानों उसका गला बैठा हो मगर ऐसा नहीं था वह अग्रजों के फोन की घंटी बजाता उनको प्रणाम कर फिर कहता

**"यार भाई कल सुबह जल्दी कोटला आ जाना वो ताऊ जी चल बसे"।**

इससे आगे न तो उसके पास कुछ कहने को होता और न ही कुछ इससे आगे अग्रजों की कुछ सुनने की इच्छा होती और न ही वह और कुछ सुनाने को सक्षम होता उसके अग्रज, अनुज बस एक छोटी सी हामी भर देते।

**"अरे याल ! चलो कोई न कल सुबह वहाँ पहुँच जायेंगे। यह सब कब हुआ। आप वहीं हो क्या"**

कुछ अग्रजों के इस सवाल का वह जबाब तो न देना चाहता पर जबाब तो उसको देना ही था

किसी एक से नहीं बल्कि हर एक से एक ही बात और उस हर एक से एक ही जबाब भी मिलता था। सभी अग्रज अनुजों से बात हो जाने के बाद उसने अपने दफ्तर वालों को भी सूचित किया और कल के लिये छुट्टी की अर्जी दे दी जो कि जरूरी भी था।

कल को तो वह भी दफ्तर न जाना चाहता था किन्तु उसके दफ्तर न जाने की वजह वह होगी जो थी उसने तो इसकी कभी कल्पना भी न की थी।

बड़ी दीदी को दूसरे कमरे में ले जाने के बाद भी वहाँ बहुत से लोग आयें कुछ उस कमरे में आते जिसमें बड़ी दीदी बेसुद पड़ी जिसमें दीदी के अग्रज व अनुज उन्हें समझाते उनसे बार बार कहते-

**"चाचा। बाबा को अस्पताल ले गये हैं और तुम्हें सोने को कहा है वो लोग भी कुछ देर में आते ही होंगे"**

उनके इन शब्दों का तो दीदी पर क्या ही प्रभाव पड़ता अगर ऐसा होता तो चाचा सिर्फ उसी को सोने के लिए कहते क्या? और जो ये लोग एक-एक करके उस कमरे में आते दीदी को देखते उनको शांत्वना देते और फिर उस कमरे में चले जाते जहाँ ताऊ की बिनात्मा की देह थी।

उनके जाते ही दीदी अग्रज से कहती-

**"मुझको बाबा के साथ अस्पताल जाना है वो चाचा को अस्पताल के बारे में थोड़े पता है। वो चाचा क्या उनकी दवाई का पर्चा ले गये हैं मुजकों भी अस्पताल जाना है बाबा के साथ"**

बार-बार हर बार यही रट दीदी पकड़े हुई थी और यह स्वाभाविक भी था।

अब बस यही तय करना था कि ताऊ के शवदाह का क्या करना है गाँव ले चले या यहीं (दिल्ली में)शवदाह किया जाये यहाँ(दिल्ली में)शवदाह के लिये घाट पर नामांकित करने के लिये मृत्यु का प्रमाण होना भी जरूरी था या जिस अस्पताल के ताऊ मरीज थे उनके द्वारा उनकी मृत्यु का कोई प्रमाण जो घाट पर उनके शव दाह में काम आ सके वह होना जरूरी था।फिलहाल तो उनके पास ऐसा कुछ नहीं था।

करीबन नये दिन की शुरुआत का पहला ही घंटा था जब ताऊ की बेजान देह को भी अस्पताल का रुख करना पड़ा ताकि उनके शवदाह में भी कोई दिक्कत न आये मगर देर रात को जब वह वहाँ (अस्पताल)पहुंचे तो डाक्टर भी अपने घर जा चुके थी अस्पताल से तो उनकी मृत्यु का कोई प्रमाण न मिला मगर अस्पताल का पर्चा काफी काम आया।

जान कर भी ताऊ की बेजान पड़ी देह को देर रात ही अस्पताल ले जाने की एक और वजह भी थी और वह थी **किराया का कमरा**। किराये के कमरे पर भला ताऊ की बेजान देह कैसे रखते और रख भी तो नहीं सकते थे।

अगली सुबह

सुबह होने का इंतजार उसको बेसब्री से था। रात को आँख भी तो न लगी थी लगती भी कैसे बड़ी दीदी की देखरेख की ज़िम्मेदारी जो उसके कंधो पर थी।

मुर्गे की बाँग से ही पहले वह जग चुका था या सोया ही न था उसके सहयोगी दादा जी जो रात भर उसके साथ थे वह भी घर जा चुके थे। वह भी जाना चाहता था मगर उसके पास वहाँ रहने के सिवाय कोई दूसरा विकल्प था ही नहीं बड़ी दीदी को अकेले कैसे छोड़ देता।

उसने अपने बाबा के फोन की घंटी बजाई उन से कहा-

**"बाबा मैं भी घाट पर आऊँ क्या"**

वह जाना चाहता था हाँ सच में घाट पर जाना चाहता था। आज से पहले उसने कभी न देखा कि शहरों में शवदाह कैसे किया जाता।

मगर उसके बाबा ने उससे तुरन्त ही पूछा-

**"वहाँ तेरी दीदी के साथ कोन है फिर"।**

बाबा के इन शब्दों का स्पष्ट मतलब था कि वह मना कर रहे थे जो कि जायस भी था वह अपनी बड़ी दीदी को कैसे अकेले छोड़ देता किन्तु इन शब्दों से उसे थोड़ा बुरा जरूर महसूस हुआ मगर वो कर भी तो कुछ नहीं सकता था।

उदास चहरा जरूर था उसका और न होना तो जायस न था मगर कुछ पलों के गुजर जाने के बाद उसके बाबा ने उसके फोन की घंटी बजाई और उन्होनें कहा-

**"वो तुम्हारी दीदी और दादी वहाँ आ रहे हैं जब वो वहाँ आ जायें तब तुम और तुम्हारे बड़े भाई दोनों आ जाना हाँ वो तुम्हारे जीजा जी भी आयेंगे हो सके तो उनके साथ ही आ जाना"।**

बाबा के इन शब्दों से उसके उस उदास चहरे से उदासी फुर हो जाती ऐसा तो उस घड़ी क्या ही होता मगर उसकी ताऊ के शवदाह की प्रक्रिया में शामिल होने की अनचाही इच्छा भी मानों पूर्ण हो ही गई थी।

अपने एक अग्रज के साथ वह घर से घाट की ओर चले। तीपहिया वाहन का सफर जल्द ही पूर्ण हो गया। वह और उसके अग्रज घाट जब पहुंचे तो वहाँ के नजारे देख वह भी ढंग रह गये।

चारों ओर जब भी वह देखता तो उसे तो न लगता यह घाट है साफ-सफाई भी उत्तम ही थी। भीड़ तो वहाँ मानों किसी मेले से कम तो न थी हर पाँच, पाँच न तो दश और दश न तो 15 मिनट में शववाहन एक शव ले आता उसके बाद फिर वही मंत्र उच्चारण होता जो कि वह विध्यालय की प्रार्थना कतार में अक्सर सुना करता था।

घाट पहुँच कर उसने अपने को भी देखा और औरों को भी देखा सभी के कपड़े ठीक- ठाक ही थे मगर उसे उस वक़्त भी न जाने क्यों अपने बदन के चिथड़ों को देख चिड़ सी हो रही थी। सभी के पाँव में जूते थे या अच्छे किस्म के चप्पल तो थे ही मगर वह खुद को देखता वह पुरानी सी चप्पल जिसको साल भर से भी ज्यादा

उसके पाँव में हो गया था उसे देख भी वो चिड़ता ही जा रहा था। इस वक़्त उसे न जाने ऐसा क्यों सूझ रहा था या इस वक़्त उसके मन में ऐसे विचार न जाने क्यों उमड़ रहे थे।

वह यह भी जानता था कि चिड़ने का यह वक़्त तो न था पिछली रात जो जाग कर गुजारी थी उसके चलते आँखों में उसके जलन, सिर में दर्द के उफान उठ रहे थे वह अब जल्द से जल्द घर पहुँचना चाहता था।

घाट का जो भी कार्यक्रम था वह जल्द ही पूर्ण हुआ वहाँ बहुत से अपनों की झलक दिखी जो कि कम ही संभव हो पाता था।

उस शहर में जहां लाखों की भीड़ थी मगर वह सिर्फ भीड़ थी और आज जो लोग उस शहर की भीड़ से निकल उसके ताऊ की शवयात्रा में शामिल थे वो उसके अपने लोग थे जिनमें से कोई अंजान तो कोई जान-पहचान में थे।

घाट के उस मेले से दूर तो वह अब होना ही चाहता था और उसने अपने कुछ अजीजों के साथ दिल्ली के बौध निगम घाट से दिल्ली परिवहन निगम की एक बस ली जो कि उसके घर की और जाती थी चंद मिनटों का सफर घंटों में तब्दील हो चुका था वजह दिल्ली शहर की भीड़-भाड़ व सड़कों पर चल रहा काम था।

इस सब से गुजरने के बाद घर में जहां कि शौक की लहर उमड़ी थी वह वहाँ तो न गया अपने कमरे पर जा उसने वही किया जो वह चाहता था स्पष्ट कहूँ तो वह ठंडे पानी से स्नान किया ताकि सिर का दर्द कुछ कम हो किन्तु सिर के दर्द की वजह वह थोड़े थी और वैसा तो हुआ न उसने अपने अग्रजों के लिए चाय बनाई और चाय पी।

चाय की चुसकियों के साथ-साथ उसको तो नींद की बहुत ही ज्यादा जरूरत थी

## *नयन तारा*

उसके बाबा की दादी को गुजरे एक बर्ष भी न हुआ था। इस बीच उसके बाबा के बाबा भी स्वर्ग की राह ले बैठे यह नयन तारा भी अपने दादा के बिना धरती माँ की छाती पर न रह पाया और दादा को गुजरे दो माह भी न हुआ था कि यह भी चल बसा।

दादा के चले जाने के बाद तो उसकी दादी मर ही जाती अगर यह नयन उनका सहारा बन न आता। जो भी दादी से मिलता वह भी यही कहता-

**"तेरा जो था वह तुझसे दूर नहीं है जो गया वह चले जाने से पहले ही तेरे पास लौट आया है। तेरी सारी माया अब इसी में ही है"**

इस बात को उसकी दादी ने भी सहर्ष स्वीकार किया और खुद को उसके लिए संभाला मगर यह तो वह भी न जानती थी कि यह भी उनको धोका दे चल बसेगा। यह खुशी चार दिन भी न ठहरेगी यह तो कोई कैसे सोच लेता किन्तु जो होनी है उसको तो होना ही है होना क्या है वह तो हो ही गई थी जिसका दर्द यह कलमकार भी झेला था।

उसको दफनाने के लिए जब उसने खुद अपने घर से अपने ही हाथों कुदाल दी हो, अपनी ताई के हाथों मैं ही उस नन्हें से मुन्ने के प्राण उढ़ते देखे हों, उसका मुस्कुराता चहरा, वह खुली आँखें, वह काला टीका, वह गर्म ऊनी वस्त्र जो उसने उस दिन पहने थे तो उसकी कलम यह सब देख कैसे रुक जाती एक ओर जहाँ घर में माथम छाया था घर में किलकारियाँ थी तो वही दूसरी ओर यह कलमकार अपने चार माह के भतीजे को शब्दों की टोलियाँ समर्पित किये जा रहा था। आँखों में भी नमी थी और उस नमी का होना भी तो जायस ही था न।

दो, चार दिन पहले ही न जाने कितनी तस्वीरें उसने भी उसके साथ खींची थी। उसने ही नहीं ऐसा न जाने कितनों ने किया था। उसकी बुआ, उसके काका, दादा और भी न जाने कितने सारे थे जिनके संग अब वह तस्वीरें व वह स्मृतियाँ ही थी जो उसकी थी।

चार माह पहले जब वह इस धरा पर आया तब उसको कोई गोद लेने से भी कतराता था। वजह का तो पता न मगर ऐसा उसकी अम्मा का कहना था किन्तु आज चार माह बाद उसको देख सभी मंत्रमुक्त हो जाते थे।

चहरे की रौनक, आँखों की चमक, गोल चाँद सा मुखड़ा और हाँ सच में अपनी दादी के जिया का वह प्यारा सा टुकड़ा था।

जो कि अब उनसे भी दूरी बना लिया था।

दूसरों के लिए दिन का तो पता नहीं मगर उसके लिए यह दिन मनूष ही रहा होगा जब वह मुर्गे की बांग पर उठा तो उसके घर में अलग ही हलचल सी उसे महसूस हुई और उसके अग्रज के शब्दों ने तो उसका वह भ्रम जो शायद था न वह भी दूर कर दिया जब उन्होनें कहा -

**"अम्मा आप वहाँ से कब आये"?**

यह उसके अग्रज के कहे शब्द थे जिन्हें सुन वह वह भी सोच रहा था कहाँ से। सब्र का बाँध तो उसका पहले ही टूट चुका तो तुरंत ही वह भी अग्रज से पूछा बैठा-

*"कहाँ से भाई, कल कुछ हुआ था क्या? जो हमें न मालूम है।*

यह तो उन्हें भी मालूम था कि इसे कुछ मालूम नहीं है किन्तु औपचारिकता के लिए फिर भी कह बैठे- तुझे कुछ मालूम नहीं क्या, कल क्या हुआ था कल अम्मा लोग रात-भर जागती रही और तुझे कुछ मालूम नहीं। हद है यार, मगर किस बात की यह वह सोचता ही रह गया किन्तु सोचता भी कब तक।

*अच्छा हुआ क्या था ये तो बता दो पहले।* न चाहते हुए भी उसके इन शब्दों में आक्रोश की झलक साफ झलक रही थी।

*"अरे वो कल रात को छोटे की तबियत कुछ ज्यादा ही खराब हो गई। वो कल रात को बारह बजे के आस-पास भोजी का फोन आया था"* कहते कि सासु माँ को जरा यहाँ भेज दो तो, नयन को न जाने क्या हो गया और फिर अम्मा और काकी वहाँ चली गई थी।*

*"अच्छा जी"* ऐसा वह बिन जुबान ही कहा था। घर में कल इतना सब हुआ उसे खबर तक न हूई। घोड़े भी तो न थे अपने पास तो फिर हम किन्हें बेच सो गये जो इस हलचल की हमें भनक भी न लगी मन की इस दुविधा को दूर करने को वह तुरंत ही ताई के पास गया।

*"ताई नयन का जी (तबियत) कैसा है"* ताई से कहा

*"कल रात को तो बहुत खराब थी उसकी दशा, बहू उसे लेकर अस्पताल गई है। थोड़ी देर पहले फोन किया था तो बता रही थी कि अभी तो ठीक है सो गया है। थोड़ी देर पहले बहुत रो रहा था"*

ऐसा ताई ने कहा था। मगर ताई को भी क्या मालूम था कि जिन किलकारियों के साहरे वह कुछ महीनों से जी रही हैं वह किलकारिया उन्हें कल रात आख़िरी बार सुनाई दी हैं और जिसके वह किलकारियाँ हैं उसकी आखिरी किलकारी भी वह सुन नहीं पाई।

तीन या सवा तीन ही बज रहा था जब वह और उसके अग्रज अपने लेपटोप पर कुछ कार्य कर रहे थे। बिंदास पड़े-पड़े उनका काम चल ही रहा था किन्तु उनके अनुज का उनके कमरे में आना, उसका घबराया अंदाज, भीगी व दबी आवाज और आँख का

आँसू और चहरे का उड़ा रंग देखकर तो वह भी घबरा गये। त्वे क्यी वायी रे (तुझे क्या हुआ रे चहरे का रंग काहे उड़ा है तेरा)

अनुज ने कहा- *"भाई ताई बुला रही है वो न जाने नयन को क्या हो गया"* नयन को क्या हो गया मतलब पता नहीं ऐसे बोल वह क्यों बोला जिनका मतलब वह भी न जानता था किन्तु बिना बिलम्ब उसके अग्रज तुरंत ही कमरे से बाहर ताई के घर चले गये वह अभी भी अपने कार्य में मगन ही था।

कुछ वक़्त बाद उसके अग्रज खुद ही उसके कमरे में आते और कहते-

**"भाई ये काम बाद में करते हैं पहले यहाँ तो आ यार वो नयन खतम ही हो गया घर में ओरों को फोन करके बता तो दे कि वो जल्द से जल्द यहाँ आये"।**

**अरे** भाई क्या कह रहे हो यार ऐसे कैसे हो सकता है कल दिन में तो वह हमारे साथ था खूब मस्ती कर रहा था और अब तुम कह रहे हो वह है ही नहीं।

वह भी तुरंत ही ताई के घर जा पहूंचा वहाँ उसकी अम्मा, उसकी ताई, उसकी काकी, भौजी और एक, दो जने पहले से ही मौजूद थे जिनके चहरे लाल, आँखों में मोतियों की धार थी कुछ ताई को घेरे बैठे तो कुछ भोजी को घेरे बैठे थे।

उसकी ताई की गोद में वह कोमल फूल जो कि अब मुरझा चुका था और हर बढ़ते पल उसकी देह ठंडी पड़ती जा रही थी और वह ठंडी पड़ती देह उसके मृत होने का अचूक प्रमाण बनती जा रही थी सभी के मन में उस चमत्कार की उम्मीद थी जो कि सायद ही कभी हुआ हो और उसको आज भी क्या ही होना था।

रींगती उसकी आंखों को ताई ने देखा, शायद उसके प्राण आँखों से ही उड़े ऐसा उसका नहीं उसकी ताई का कहना था जो कि कुछ हद तक शायद सच ही था और वैसे भी उस घड़ी झूठ की कोई गुंजाइस भी न थी मगर कई न कई सभी की आश अभी भी जिंदा थी किन्तु हर बढ़ते पल ज्यों-ज्यों उसकी देह ठंडी पड़ती जाती त्यों-त्यों उनकी आशा भी निराशा में परिवर्तित होती जाती थी और एक समय वह भी आया जब वह आश जो बची थी वह भी पूर्ण रूप से गुम ही हो गई।

और एक-एक करके बड़े बुजुर्गों का आना कमरे में जाना और निराश हो कमरे से लौटना तो उन सभी की उम्मीद को किसी पहाड़ की चोटी से गिराना जैसा सा था खैर अब तो वह बची ही न थी

जो होनी हो चुकी थी उसके होने के बावजूद भी उसे स्वीकार न करना और खुद को कष्ट देना तो शायद ही बनता है खैर इस सबसे भला क्या फर्क पड़ने वाला था और उस यथार्थ को तो न चाहते हुए भी स्वीकारना ही था सिर्फ हमको ही नहीं बल्कि सबको ही स्वीकारना था।

चार, सवा चार ही हुआ था तब जब किलकारियों से वह घर गूँज उठा जिस घर में किलकारियाँ शांत भी तो न हुई थी। दो माह ही तो उसके दादा जी को गुजरे हुये थे दादा जी उसके तो उसको देख भी न पाये वह तो फिर भी मगर उस पिता का दर्द क्या ब्याँ होगा जिसने दो माह में ही अपना जमी, आसमां दोनों को एक साथ खो दिया।

दादी का यह नयन तारा, दादी के जीने का एक मात्र साहरा जिसके लिए दादी ने अपना तन, मन, धन सब समर्पित कर दिया उसके न होने का वह अहसास, वह पीड़ा कैसे सहन कर पाएगी वह। खैर काल से जीत भी कोन पाया और अब तो खुद को और मजबूत ही करना था।

पंजाबी गीत की कुछ लाइनें हैं *"यौवन रुत्ते जो कोई मरदा फुल बनदा या तारा" यौवन काल में जो कोई भी मरता है वह फूल बनता है या तो तारा।* क्या यह सब सच है? शायद नहीं। अगर यह सब सच है तो वह जो इस यौवन काल तक पहुंचता ही नहीं वह क्या बनता होगा? और वह जिसका सफर मात्र एक सो बीस दिन का इस धरा पर था वह मरने के बाद क्या बना होगा? क्या इस तरह की कल्पनाओं का होना जायस है? शायद नहीं। और कोई शायद ही ऐसा हो जिसके पास हमारे इन प्रश्नों का उत्तर हो।

खैर इसको तो रहने ही देते हैं कोन क्या बनता है बनता है भी या नहीं यह भी तो आज तक कोई न जान पाया और जो मरा उसने तो कभी बताया नहीं वह मरने के उपरांत क्या बना।

दिन ढल गया और रात भी तवे सी काली हो चुकी थी नींद तो किसको ही आनी थी।

अब उसके बाबा को कोन बताये कि उसका लाल न रहा क्या उसकी दादी या उसकी अम्मा। नहीं इतना साहस तो शायद ही वो जुटा पाते मगर किसी न किसी को तो यह सूचना उसके बाबा को देनी ही थी।

न जाने किसने मगर उसके बाबा को सूचना दे दी गई। अगले ही दिन उसके बाबा घर आ पहुंचे जिनको की एक माह भी न हुआ था शहर जाये।

जो चिराग जला था इस घर के अंधेरे को दूर करने के लिए वह भी इस घर के अंधेरे में ही न जाने कहां गुम हो गया था और इस तरह गुम हो गया जिसे आँखों को चीर देने वाली रौशनी भी न ढूंढ पाये।

## कुछ तो बात थी

जान-पहचान तो सालों की थी किन्तु संग-संग चार बर्ष ही हुये थे रिश्ते में भी काका और सच में तो क्या ही कहें। वह वो थे जो एक जीवन-साथी की तरह हर सुख-दुख में साथ रहते, हमारी हर बात में उनकी भी बात होती, हमारी हर वास्तविकता का एक पहलू का तार उनसे भी जुड़ा होता था।

वह बस हमारे लिए काका ही नहीं थे बल्कि हमारे लिए हमसे भी बढ़कर थे काका वह थे जिन्होनें हमें शहर की उन दुबली, पतली, आड़ी, मोटी तिरछी, गलियों में चलने के काबिल बनाया। वह वो जो एक वफादार सेवक की तरह हमारी सेवा में लीन रहते हमारी ही क्यों उनका तों स्वभाव ही ऐसा था जो भी उन्हें मिलता या जो भी उनसे मिलता उसका ख्याल रखना वह बखूबी जानते थे।

क्षमा के काबिल तो नहीं किन्तु क्षमाप्रार्थी हूँ इस शब्द झड़ी के लिए जो उनके लिए उचित तो नहीं है मगर सच कहूँ तो यह यथार्थ का वह जाल है जो उन्होनें खुद बुना।

दाल, साग, सब्जी, तरकारी में उनका हाथ जरूर तंग था मगर अकसर वह कभी हमारे बाबरची बनते तो कभी मोची भी बन जाते थे तो कभी हमारे बदन के लत्तों को धोबी घाट पर रगड़–रगड़ कर धोने वाले तो कभी उन्हें स्त्री करने वाले बन जाते थे इतना ही नहीं वह यहाँ भी थोड़े रुकते थे तो वह कभी सफाई कर्मचारी बन जाते थे और कभी हमारे पथराही भी, जो कि वह पहले से ही थे।

कल और काल में दिखने में तो 'आ' की मात्रा का ही अंतर मालूम होता है किन्तु इनके बीच का भेद शायद ही कोई जानता हो मगर इतना तो सभी जानते हैं "काल कभी कल आने ही नहीं देता और ना ही आज का अंत करता है बस दशा बदलती रहती है और उसके साथ सबकुछ मतलब वो सबकुछ जो जो बदल सकता है या जिसकी प्रवृति में बदलाव घुला हो, चाहे वह इंशान हो या और कुछ।

बात की शुरुआत कहां से करूँ और जिन्होनें हमें बात का लहजा दिया उनकी बातों का क्या कभी अंत भी होगा?। शायद ही होगा।

वह जो हमें पहली दफे गाँव से शहर ले आए वह वो जिनके संग हमनें पहली दफ़े इंडिया गेट पर अमिट अक्षरों में लिखें वीर सपूतों के नाम व उन देश प्रेमियों को समर्पित वह अमर जवान ज्योति देखी और साथ ही लाल किले की वो ऊंची-ऊंची दीवारें व उसके अंदर का वह बाजार और उसकी चहल-पहल भी देखी तो वहीं दिल्ली परिवहन निगन की उन तीरंगी बसों के सफर का आनंद भी हमनें पहली दफ़े उन्हीं के साथ उठाया।

देह उन दिनों पसीने से तर-बदर रहा करती, लत्तों को तो देह पर चिपकनें के अलावा कुछ सूझता ही न था सुबह इत्रों के छींटों से उन लत्तों में महक आती किन्तु श्याम आते-आते वह भी दुर्गन्ध में न जाने क्यों ढल जाती। शायद जेठ के दिन थे।

हर रोज की तरह इस रोज भी वह दफ्तर गया और दफ्तर की छुट्टी होने के दश मिनट पहले ही घर को चला था।

यहाँ तक तो ठीक ही था और वहाँ तक भी ठीक ही रहा जहाँ तक इस लेखनी के चलने की कोई कल्पना भी न थी और ऐसी कल्पना करता भी कोन और उनके लिए जो उसे हर रोज कहते –

*"हैलो बेबी गुड मॉर्निंग"* और चाय का वह बड़ा वाला लाल प्याला जिसे उसके काका उसके लिए अपने दफ्तर से लाये थे उसके उठनें से पहले ही उसके बिस्तर तक पहुंचा देते थे। इस तरह उस आलसी के दिन की शुरुआत होती थी और ऐसे और भी न जाने कितने कार्य थे उसके जिनको वह करने में सक्षम था मगर कभी करता न था और वैसे भी जब हमें पता हो कि हमारी वो जिम्मेदारियाँ जो हमारी हैं उनका जिम्मा हमनें किसी और के हाथों में सोंपा है या किसी और नें उनका जिम्मा अपने हाथों में ले रखा है तो आलस का होना स्वाभाविक ही है खैर हमें यहाँ उसकी बातों से कोई प्रयोजन नहीं है।

जब दिल में दरारें पड़े तो मरना संभव है मगर वह दरारें जो न होनें पर भी हों और न ही उन दरारों से कोई मरता हो किन्तु उनके साथ जीना भी उतना आसान न हो पाता हो।

बाईस बर्ष का वह जवान जिसका एक मित्र, एक पथराही, उसके घर के कामों का साथी, बाजार, बाहर के कामों का साथी जिसको वह खो बैठा और उसी अजीज की उन मृदु स्मृतियों को सफ़ेद चोकोनों में पिरोनें को यह कलम भी चल पड़ी।

वैसे भी पाँव का दर्द तो वही जाने जिसका पाँव कटा हो और हाथ की पीड़ा भी वही जाने जिसका हाथ टूटा हो। ठीक इसी तरह किसी का साथ छूटनें का दर्द भी वही जाने जिससे किसी साथ छूटा और इसकदर छूटा हो कि वह छूटा का छूटा ही रह जाये।

वैसे तो यह पुस्तक इस दर्द से भरपूर है मगर अपने एक अजीज को खोनें का वह दर्द जिसे वह इन सफेद चोकोनों में समेट रहा है।

किराया का वह कमरा और उस कमरे के दो साथी जो उस कमरे के लिए एक साथ ही मरे एक तन-मन दोनों से तो एक मन ही मन मरा।

उस कमरे की उन दीवारों पर काका की खुसबु आज भी ज्यों की त्यों ही बनी हुई है और तब तक तो रहेगी ही जब तक उसे महसूस करने वाले हैं।

दरवाजे के पीछे लगा वह हैंडल जिस पर अकसर तीन या चार जनों के कपड़े टंगा करते थे उसका भी कुछ बोझा मानों कम ही हो गया था मानो क्या वह तो हो ही गया था शायद उसे भी कुछ आराम मालूम पड़ता है जब भी उसका बोझा बढ़ाऊँ तो खुद की देह ही कुछ भारी –भारी सी लगती है काका न जाने क्यों तब सामनें दिख जाते और कहते-

### *"कैसे हो बेबी"*

खैर उन्होनें ऐसा तो कभी कहा नहीं किन्तु न जाने कैसे हमें यह सब सुनाई देता और अक्सर सुनाई देता है।

अपनी तड़प तो एक और ठीक मगर उस हैंडल को देख लगता मानों वह भी काका के कपड़ों को सहारा देना चाहता वह भी उन कपड़ों के लिए तरस रहा है खैर इसका भी तो कोई प्रमाण न है।

बीते दो सालों में काका ने वह दिन देखे जो कोई और न देखे और काका के वह दिन हमनें भी देखे और साथ ही काका के उन दिनों से बहुत कुछ हमनें भी सीखा और काका की बहुत सी बातों से रू-ब-रूह भी हुये।

देह के दुबले-पतले जरूर थे मगर परिश्रम तो मानों कूट-कूट ही भरा था और जान-पहचान में किसी का कुछ भी काम हो तो उन्हें सबसे पहले काका ही नजर आते थे और अक्सर ही आते थे और कई बार उनकी इस शराफत को उनके लिए महंगे पड़ते भी देखा था और भी किसी ने सच ही कहा है "जिन लोगों को ना कहना नहीं आता उनका लोग अक्सर फायदा ही उठाते हैं और उनकी हाँ कई बार उनका ही बेड़ा गर्ग कर देती है तो जरा ना कहना भी सीखें यह भी उनसे ही सीखा हूँ।

बर्ष तो बहुत गुजरे लेकिन ये दो बर्षों की बातों का भी कोई जबाब न है और है भी तो इतना जितनें को समेटना भी संभव मालूम नहीं होता और होता भी है तो शायद में खुद

को समर्थ ना समझूँ। सच है या नहीं पर उन दिनों चाइना की उपज जिसको यह दुनिया कोविड -19 या करोना वायरस के नाम से जानती थी। थी ही क्यों बल्कि जानती है वह भी इस पावन भारत-भूमि तक पहुँच चुका था। और वैसे भी हमें किसी वस्तु या कोई भावना जो भी हो उससे हमें डर या लगाव तब तक ही रहता है जब तक हम उसके अनुरूप ढल न जाते, पहली दफ़े जब किसी नई वस्तु, नया रोग से हमारी भेंट हो तो हमें तब या तो उससे लगाव होगा या तो डर।

हर सौ साल बाद कोई न कोई बड़ी महामारी फैल ही जाती है ऐसी खबर उड़ते –उड़ते हमारे कानों तक भी आ पहुंची और थोड़ा जांच पड़ताल की तो यह कुछ हद तक सच भी मालूम हुआ।बीते चार सौ सालों से हर सौ साल में एक बड़ी महामारी का प्रमाण है या मात्र एक संयोग जो 1720 का प्लेग हो या 1820 की एक बड़ी महामारी जो कि हैजा थी। इस बारे में गाँव के कुछ बुजुर्गों से खूब सुना था जब भी हम कभी उन बुजुर्गों से गाँव से काफी दूर बने पुराने उन घरों के बारे में, घर तो क्या ही कहें मात्र एक ढांचा जो सिर्फ इतना ब्याँ करता कि कभी यहाँ भी लोग रहे थे। पूछते तो वह यही हैजा वाली दास्तां सुनाते थे और शायद यह सच भी है और यकीन के काबिल भी। तो वहीं 1920 में फ़ैली एक बड़ी महामारी जिसनें सिर्फ दो सालों में ही सम्पूर्ण विश्व के पाँच करोड़ से भी अधिक लोगों को मौत के घाट उतार डाला था खैर हमें इन महामारियों से यहाँ कोई प्रयोजन भी नहीं है और है भी तो बस 2020 में फ़ैली महामारी कोविड़-19 से जिसका जुड़ाव काका से भी है।

दिन बार का तो पता नहीं पर साल दो हजार बीस और माह जनवरी का था जब इस महामारी का पहला मामला भारत-भूमि पर देखनें को मिला और सायद ही कोई ऐसा होगा जो इससे प्रभावित न हुआ हो या इसके लपेटे में न आया हो।

देश, विदेश काम धंधे मंद पड़ चुके थे लोगों की तो मानों जान पर बन आई थी बन क्या आई थी बल्कि बन ही आई थी दुनिया घुमनें के आदि को चार दीवारों में कैद जो होना पड़ रहा था अपनें ही अपनों को न भेंट पा रहे थे इसका भी खैर कभी जिक्र होगा किन्तु काका भी चाइना के इस बिन बुलाये मेहमान से बच न पाए।

काम धंधों की तंगी तो आप देख ही चुके हैं

बीते सोलह वर्षों से एक ही दफ्तर में काम कर रहे काका को भी मजबूरीवस दफ्तर छोड़ना पड़ा और यह काका को लगनें वाला पहला झटका था जिसनें काका को बहुत सारी यादें दी और साथ ही हमें भी। और काका को लगनें वाला यह पहला झटका ही काका के हर उस दिन का ज़िम्मेवार था जो काका ने उन दो बर्षों में देखे।

काम से ही काम बनता है और काम से रिहाई होनें का अर्थ कई न कई कैद होना भी होता है यह भी उनसे ही सीखा और बहुत हद तक सच भी है।

जहां एक और बाजार तंग थे तो वहीं दूसरी और काका के मज़बूत कंधों पर घर गृहस्थी की वो विशाल जिम्मेवारी जिसको कंधों पर लांध गाँव का हर युवा शहरों को आ चलता है एक और कोविड़ के चलते काम धंधे ठप तो थे ही और वहीं दूसरी और काका ने भी अपने पुराने दफ्तर से रिहाई ले ली थी पुराना तो क्या ही कहूँ मगर कह सकते हैं कि काका के पास फिलहाल कोई काम न था तब काका ही क्या बहुतों के पास कोई काम न था और उनमें से एक सायद हम भी थे।

घरेलू कामों में तो उनका हाथ वैसे ही तंग था यह तो आप पहले ही जान चुके हैं और साथ ही यह भी कि बाहरी दफ्तर तो वैसे ही बंद थे और तब तो उनके पास काम करने का कोई दूसरा अवसर न था और काका ही क्यों बहुतों के पास कोई दूसरा अवसर न था जहां बहुतों नें गाँवों की और रुख किया वहीं काका शहर में ही रहे न जाने क्यों मगर गाँव में काका का मन कम ही रमता था।

गाँवों में तो हालात कुछ हद तक ठीक ही थे कुछ हद तक क्यों बहुत हद तक ठीक ही थे मगर देश के बड़े-बड़े शहरों में हालत बद से बद्तर थे जिसके चलते सभी पर आर्थिक संकट मंडरा रहा था देश में ही नहीं सम्पूर्ण विश्व पर आर्थिक संकट के काले बादल छाए हुए थे।

एक ओर काका आर्थिक संकट के लपेटे में आये तो दूसरी और उस महामारी के चपेटे में जिसनें सम्पूर्ण विश्व में कोहराम मचा रखा था आर्थिक दशा की बात अगर करें तो सबकी ही बिगड़ी हुई थी

यह तो सभी नें पहली बार देखा जब पालतू हो या घरेलू जानवर जो खुले आसमान तले सुकून की नींद ले रहे थे और इसका आदि चार दीवारों में क़ैद कभी ताली तो कभी थाली बजा रहा था।

न जाने यह कैसे महामारी थी जो अपनों को अपनों से इस तरह दूर कर रही थी जिसकी कल्पना भी संभव मालूम नहीं होती। तब इस वायरस से बचनें का एक मात्र उपाय यही था कि इससे पीड़ित व्यक्ति को किसी के संपर्क में न आने दिया जाए इससे संक्रमित व्यक्ति से जितना दूर रहा जा सके उतना रहा जाए।

इसके लिए देश के हर छोटे-बड़े अस्पताल में कोविड़ वार्ड बनाये गये बहुत सारे कोविड केंद्र खुले जिनमें करोना संक्रमित लोगों को रखा जाता वहाँ उनका खूब ख्याल

रखा जाता और काका को भी घर से उठा कोविड़ केंद्र ले जाया गया वहाँ करीबन एक पकवारे से भी अधिक वह रहे और वहाँ से वापस आने की बाद भी काका कुछ दिन परिवार से दूर ही रहे।

उनकी वह दास्तां जब भी उनके मुखारबिन्द से प्रवाहित होती तब हम हर बार अपनें कान खड़े कर लिया करते शायद तभी आज भी उनकी कुछ बातें हमारे नेत्र-पटल पर ज्यों की त्यों हैं।

बस एक दफ़े नहीं न जानें कितनी दफ़े काका से सुना था –

"यार जब में करोना सकारात्मक था वैसे था तो नहीं पर न जाने रिपोर्ट कैसे सकारात्मक निकल आई, मुझे आज तक न मालूम हुआ अगर करोना होता ही तो खांसी, बुखार कुछ तो होता ही मगर ऐसा तो कुछ भी न था पर मुझे वहाँ से बहुत सारी यादें मिली और आज भी जब उन दिनों को याद करता हूँ तो खुद की हंसी न रोक पता हूँ।

पहले तो वह फालतू ही घर से उठा ले गये। मुझे तो लग रहा था मानों न जानें मैनें कोन सा गुनाह कर दिया है वैसे जो भी लक्षण तब करोना के बताये जा रहे थे वैसे तो मुझमें कुछ भी नजर न आ रहे थे। करीबन बारह या पंद्रह दिन में वहाँ रहा मगर लगा कि घर में ही हूँ मगर जब वहाँ से घर घर आया तो घर वाले न जाने क्यों इतना ड़र रहे थे खाना भी तब मुझे ऐसे दे रहे थे मानों जैसे किसी आवारा कुत्ते को दे रहे हों खैर मैं वह तो नहीं था किन्तु उनका ड़र भी जायस ही था तब हालत कुछ वैसे ही थी लोग मुर्दों से ड़र रहे थे खैर मैं तो जिंदा ही था।

ज्यों-ज्यों दिन ढलते त्यों-त्यों बाजार में काम धंधों की तंगी भी बढ़ती जाती थी और साथ ही काका के सिर कर्जे का बोझ भी।

**वैसे भी मध्यम परिवारों की तो यह आजीवन भर की ही कहानी है एक बार जो कर्जे की भेंट चढ़े तो चढ़े के चढ़े ही रह जाते हैं।अपनें तक वह कर्जा सीमित हो तो चले भी मगर वह लोग अपनों को विरासत में कुछ अगर देते हैं तो बस एक लंबी, चोड़ी सूची जिस पर बस यही लिखा होता है कि "बैंक की किस्त कितनी जाती है और किस समिति से कितना कर्जा लिया है किसको कितना देना है"**

खैर यह तो बात ही अलग है ऐसा भी तो नहीं कह सकते क्योंकि यह बात काका से अलग है ही नहीं काका ही क्यों बल्कि किसी से भी अलग है ही नहीं।

दिन ढलते-ढलते महिनों में बदल गये और महिनें ढलते-ढलते एक-काद सालों में बदल गये और इसी के साथ बाजार भी अब हरकत में आने लगे।

एक और पूरे देश में कोविड़-19 का टिकाकरण किया जा रहा था तो दूसरी और देश की आर्थिक दशा जो पटरी से तो न उतरी मगर उसको पटरी पर लाने का प्रयत्न ज़ोरों पर था।

काम धंधों में खास रफ्तार तो न थी और तब उसकी ज्यादा उम्मीद भी न थी। काका को तो न जाने क्यों आर्थिक व शारीरिक समस्याएँ हर बार ही जकड़ लेती थी, पहले तो उन्हें टी.वी का मरीज़ घोषित किया गया उसका डटकर सामना करने के बाद काका जब ठीक हुये तो फिर करोना वायरस उन्हें अपने लपेटे में धर दिया और जब उसके लपेटे से निकले तो फिर वह कर्जे की भेंट चढ़े और उससे बचना तो इतना आसान बिलकुल भी न था।

इस बारे में एक मध्यम वर्ग के परिवार से अगर पूछो तो उसकी भी आपबीती वही होगी जो आपकी होगी।

कर्जे का बोझ और न बढ़े इसलिए काका नें छोटा, मोटा जो, जैसा भी काम मिले वह करने का तो मानों दृढ़संकल्प ही ले लिया था और लेते भी क्यों न कर्जे से मुक्त जो होना था।

जान-पहचान के ही एक जनरल साहब थे जिनसे काका का काफी अच्छा बोल-चाल था और उन्हीं नें काका के दशा देख उन्हें अपनी कोठी की देखभाल करने का काम सोंप दिया किन्तु आठ या दश हजार पर माह वेतन से तो उनका कुछ तो न होने वाला था पर कुछ न होने से तो कुछ होना बेहतर ही था। घर में दो बच्चे, अम्मा, पत्नी, खुद शहर में कमरे का किराया, खाना-पीना और शहर में तो और भी बहुत सारे खर्चे थे किन्तु सबसे बड़ी बला तो सिर पर जो कर्जा था वह था जहां एक तरह मजबूरी की वह कठोर दीवार थी जिसके बस साथ चला जा सकता है उसे शायद ही तोड़ा जा सकता है तो वहीं दूसरी और वह दृढ़संकल्पी जिसनें उस दीवार को तोड़ना ही तोड़ना था।

दो, चार माह काका के जैसे न तैसे सुरक्षाकर्मी के काम में झेल गये उसमें उनका गुजारा तो वैसे भी संभव तो न था फिर काका नें इधर-उधर कई काम की बात चलाना शुरू किया और गाँव के ही काका थे जिन्होनें उन्हें अपने साथ काम पर रख लिया और तभी से काका के दिन-रात में ज्यादा भेद तो था ही नहीं दिन होता काम पर जाते दिन ढलता काम पर जाते, एक काम से छुट्टी न होती थी कि दूसरे को चलते बन जाते थ।

दिन में काका अपने नयें दफ्तर को तो रात में जनरल साहब की कोठी की चौकीदारी करने को चले जाते थे। हफ्ते में आराम मिलता भी तो बस आधे ही दिन का रात को तो फिर वही जनरल साहब की कोठी की चौकीदारी।

साल दो साल तक काका की दिनचर्या में ज्यादा कुछ बदलाव तो न रहा। एक काम से राहत न कि दूसरे की चाहत में घर से निकल पड़ते वैसे निकलते ही क्या थ घर से निकलनें के लिए घर में होना भी तो होता है।

रफ्ता-रफ्ता दिन ढले हर पल पल-पल गले जा रहे थे एक तरफ अब देश की आर्थिक दशा मजबूती से बढ़ रही थी तो दूसरी तरफ काका की भी वजह बस यही थी कि देश में अब हालात सामान्य जो हो रहे थे काम धंधों की वह मंद गति भी गतिमय हो चुकी थी देश के नामी दफ्तर फिर से खुलनें लगे थे और गुमनाम दफ्तर भी।

वही घिसी-पिटी दिनचर्या जो काका की चलती आ रही थी उससे भी अब काका तंग होने लगे थे इसका एक मात्र उपाय उन्हें सूजा तो उन्होनें जनरल साहब कि कोठी की चोकीदारी न करने का फैसला किया और शायद काका के दूसरे काम में इतना पैसा था कि वह घर का खर्चा चला सकते थे और वैसे भी एक-काद साल रात-दिन एक करने के बाद काका के सिर अब कर्जा न के बराबर था।

कुछ माह और गुजरे और काका अपने पुराने दफ्तर से उन्हें वापस आने का न्योता मिला जो कि काका को सहर्ष स्वीकार था और होता भी क्यों न काफी महिनों से उन्हें पछतावा भी तो जकड़ा हुआ था कि बड़ी गलती कर दी थी उस दफ्तर को छोड़कर खैर अब पछतावे के लिए कोई जगह न थी।

दिन सामान्य ही चल रहे थे काका रोज दफ्तर जाते और उनके जाते-जाते हम भी दफ्तर को चलते बनते किन्तु वह दिन जिसकी कटु स्मृतियाँ कभी हमारी रातों की नींद तो कभी दिन का चैन ही छीन लेता है।

दिवाल पर तो अपने घड़ी न टंगी थी मगर मोबाइल पर उस दिन नों बजे का समय था जब काका दफ्तर से कमरे पर आये थे बात जो हमनें समझी वह उसके बिलकुल विपरीत थी।

उस दिन से पहले काका को कभी घर के बाहर मदीरा का सेवन करते न देखा और देखा तो उस दिन भी न मगर उसकी झलक उस दिन साफ़-साफ झलक रही थी हमनें भी सोचा काका बाबा और अन्य काका लोगों के साथ दूसरे काका के कमरे पर गये थे और शायद वहाँ से पीकर आये हैं मगर जब हमें पता लगा काका उनके साथ थे ही नहीं तो तब ही दिल को कुछ ठेस सा पहुंचा मगर वह तो कुछ था ही नहीं।

कुछ पल और ही ढला था कि मकान मालिक का बेटा उन्हें अपने साथ कई चलने को कहता मगर कहाँ? वह तो हमें आज तक मालूम न हुआ और जानना भी जरूरी न समझा किन्तु उस दिन मानों काका नें यमराज के दूत की मित्रता स्वीकार की हो जिसका एक ही परिणाम होता है और वही परिणाम हुआ भी।

घड़ी की सुइयां घूमते-घूमते दश तक आ पहुंची थी जब काका कमरे पर वापस आयें तो तब उनके मिजाज कुछ-कुछ बदले से लग रहे थे बात का तो तब पता नहीं मगर इतना समझ आ रहा था कुछ तो बड़ी बात है।

चहरे पर उनके चोट लगी थी होंठ भी सूझे हुये थे *"शायद किसी से हाथापाई हुई थी"* ऐसा सोचना तो हमारे कल्पना लोक में भी संभव न था और उनका स्वभाव ही था जो हमें ऐसा सोचनें की अनुमति नहीं देता था। वह किसी से हाथापाई तो क्या ही करते और करते भी क्यों मगर उनके सूझे होठों के पीछे कुछ तो बड़ा था।

थोड़ी देर बाद जब उनसे पूछा गया कि "काका क्या हुआ? क्या बात है? ये चोट कैसे और क्यों लगी? तुम तो उसके साथ गये थे ना?

काका कुछ देर तक कुछ न बोले मुखवाणी से एक शब्द न छूटा काका ऐसे बैठे थे जैसे मानों उन्हें साँप सूंग गया हो मगर ऐसा कुछ नहीं था और कुछ न था ऐसा भी तो था ही नहीं। एक-दो नहीं कई दफ़े पूछनें पर भी उनका जबाब कुछ न और ऐसा लगता मानों पछतावे की एक बड़ी चादर नें उन्हें पूरी तरह ढक लिया था। और जब बाबा नें पूछा तो उनका जबाब कुछ यूँ था कि

***"यह कह रहा है तुमनें मेरी पत्नी को संदेश भेजा"***

यह बात जितनी आम लग रही है उतनी ही आम होगी मगर उस वक़्त तो वह बिलकुल भी आम न थी। शोशल मीडिया का वह संदेश जो काका नें उन्हें भेजा था वह क्या था और काका नें उन्हें क्यों भेजा था इस बात का जबाब तब न तो उनके पास था और न ही आज हमारे पास है खैर हमारे पास तो काका ही नहीं तो इस सवाल का हम क्या आचार डालें और वैसे भी इस सवाल का अब कोई मतलब ही नहीं बनता ना।

वो कहते हैं न भगवान को भी अगर किसी को अपनें पास बुलाना है तो उनके पास कुछ न कुछ तो वजह होनी ही चाहिए ना और शायद वह संदेश ही वह वजह थी ऐसा तो स्पष्ट रूप से नहीं कहा जा सकता और उस घटना और उस दिन के बाद काका अपनें अग्रज के घर चले गये और कभी हमारे पास वापस लोटे ही नहीं।

उस घटना नें तो मानों काका को एक जिंदा लांस ही बना डाला था गुमनाम तो न थे और न ही कुछ बोल पाते थे बस खुद में ही खोये रहते थे। काल चक्र की चलती चाकी चल ही रही थी उस दिन के बाद कालचक्र की उस चाकी में एक पकवारा ही पिसा था कि एक खबर हमारे कानों के जाले कुरेद गई। जिसकी कभी कल्पना भी न की थी और कर भी नहीं सकते थे मगर एक अनहोनी जिसनें होनी का चोला ओढ़ लिया था एक वास्तविकता जो थी जिसे न तो बदला जा सकता था और ना ही टाला जा सकता कुछ किया जा सकता था तो बस उसको स्वीकार ही किया जा सकता था और लोग तभी कहतें हैं-

***"होनी को तो होना ही होता है उसे टालने का सामर्थ तो स्वयं प्रभु में भी नहीं है और हम में तो क्या ही होगा और वैसे भी हम होते ही कोन उसे टालनें वाले"***

वह एक पकवारा जिसमें काका एक जिंदा लांस ही रहे। काका के उन दिनों में उनके पास न होनें का मलाल को तो आजीवन ही रहेगा और आज भी है उस घटना के बाद उनसे मिल तो न पाया मगर सुननें में आया उस घटना से काका बुरी तरह आहत हुये और इस तरह तनावग्रस्त हो गए कि कभी उससे निकल ही न पाये।

हमें तो यह बात अचम्बे में डाल गई कि वह इंशान जिसको कभी रोता न देखा, किसी से रुखसत होते न देखा, हँसी से खिलता वह गुलाब जिसको कभी मुरझाते भी न देखा था और आज वह तनावग्रस्त है। "नहीं-नहीं ऐसा तो संभव नहीं मैं क्या उनके स्वभाव को नहीं जानता मेरे साथ रहते हैं वो क्या मैं उन्हें इतना भी न पहचानता। अरे तेरे काका तो खुशमिजाजिया हैं वो थोड़े न तनावग्रस्त होंगे"

यही वो बातें थी जो उसकी हिम्मत बांधे हुई थी जिसके साथ वह आज तक था क्या वो उसके स्वभाव से भली-भांति परिचित न होता।

किन्तु जो भी रहा हो काका कई न कई तनाव के मायावी जाल में धंस चुके थे इतनी सारी विपदायें जो उन्होनें देखी वो कम थी क्या जो मुँह उठा यह भी आन पड़ी। काका उसके तनावग्रस्त थे यह बात तो उसके लिये यकीन के काबिल तो बिलकुल भी न थी और इतना साहस भी उसमें न था की वह नियती के विरुद्ध चला जाये और अब उसके पास भी यथार्थ को स्वीकार करने के सिवाय कोई दूसरा विकल्प न था।

पूरी कायनात के लिए कालचक्र अस्थिर था और काका के लिये तो काल की सांसें भी थम चुकी थी उनके लिये अब न तो सूर्य का अस्त था और न ही उदय और न ही निशा का कालापन था और न ही निशा के कालेपन को दूर करने वाले चंदा मामा की रोशनी और न ही उनके लिये आज वो गाँव का स्वर्ग था और न ही शहरों की वह चहल-पहल थी उनके साथ अगर कुछ था तो बस वह निंद्रा थी जो थी।

एक दिन पहले काका को अस्पताल ले जाया गया एक, दो दिन पहले ले जाते तो शायद वह न होता जो हुआ खैर इस बात का कोई प्रमाण तो नहीं कि एक दो दिन पहले अगर काका को अस्पताल ले जाया गया होता तो वह शायद आज हमारे बीच होते। हैं न तो होनें की कल्पना भी उनके होनें का प्रमाण तो नहीं है।

काका चीरनिंद्रा में जा चुके थे उनका सूर्य तो सदा को ढल ही चुका थी एक अम्मा का बेटा, एक पत्नी का सुहाग, एक बिटिया का सुपर हीरो, एक बेटे का आसमान, एक भाई का छोटा भाई जिसका इंतजार आज भी होता है जिसके घर न आने तक जो कभी खाना भी न खाते थे जिनके न होते हुये भी उनका इंतजार तो हमनें भी किया।

उनसे न किसी को कोई उम्मीद न किसी के मन में किसी तरह की शंका किसी के पास अगर कुछ था तो उनके न होने का मलाल वहाँ के वातावरण में छायी उदासी की वह घटा, सन्नाटे की वह चादर जो बहुतों को अपनें चपेटे में ले रखी थी।

यकीन तो हमें आज तक नहीं और सही भी है वह आज भी हमारे ही संग है और जब तक देह से प्राण के तार जुड़े हैं तब तक तो रहेंगे ही तनरूपी न सही तो मनरूपी तो रहेंगे ही।

उनकी अंतिम यात्रा में उनके साथ न होनें का मलाल तो आजीवन भर ही रहेगा किन्तु "तब तू कैसे खुद को संभाल पाता" यही बात कई दफ़े हमें उस मलाल से बाहर खींच लेती है और हाँ यही सच भी है उनकी शव यात्रा में शामिल होनें का साहस तो मुझमें बिलकुल भी न था।

उनको अंतिम बार देख पाने का अवसर तो न मिला। मिल भी जाता तो क्या ही हो जाता किन्तु इतना तो होता ही ना जो मलाल आज है वह न होता।

दिल्ली का वह बोध निगम घाट जहां उनका शवदाह किया गया उससे हम तो किसी भी तरह अंजान तो न थी। उस घाट पर बहुतों की देह को आँखों से ओझल होते हुये देखा था और वह मंत्र भी बहुत बार सुना जिसका जिक्र पहले ही कई दफ़े हो चुका है।

आसमान पर जब काले बादल छा जाते हैं तो धरा पर सूर्य की रोशनी भी फीकी पड़ जाती है और आसमान पर छाये उन काले बादलों की भाँति व धरा पर फ़ैली उस अंधकार की भाँति ही अब काका थे जिनकी रोशनी वो काले मनूष बादल छीन ले गये थे और हमें उन अँधियारे गलियारों में भटकता हुआ छोड़ गया जो कि हमें हरफ़िज़ मंजूर न था।

मगर जो भी था वह सहर्ष स्वीकार था स्वीकार है और स्वीकार रहेगा।